AF536263

Liebe wie das Salz / Tuz Kadar Sevgi

Nesrin Kişmar & Judith Crawford

Nesrin Kişmar & Judith Crawford

Liebe wie das Salz / Tuz Kadar Sevgi

Türkische Volksmärchen in deutscher und türkischer Sprache

Shaker Media

Bibliografische Information der Deutschen Nationalbibliothek
Die Deutsche Nationalbibliothek verzeichnet diese Publikation in der Deutschen Nationalbibliografie; detaillierte bibliografische Daten sind im Internet über
http://dnb.d-nb.de abrufbar.

Neu erzählt und ins Deutsche übersetzt von Nesrin Kişmar
Illustrationen: Judith Crawford
Lektorat: Judith Crawford und Sandra Nowack

Printed in Germany.

ISBN 978-3-95631-468-1

Shaker Media GmbH • Postfach 101818 • 52018 Aachen
Telefon: 02407 / 95964 - 0 • Telefax: 02407 / 95964 - 9
Internet: www.shaker-media.de • E-Mail: info@shaker-media.de

Vorwort

Anonyme Volksmärchen, die von Mund zu Mund und so von Generation zu Generation weitergegeben wurden, sind ein wichtiger Teil unserer mündlich überlieferten Kultur. Die Märchen sind zeitlos und die Erzähler bleiben unbekannt. Sie spiegeln die sozialen Werte, das Verständnis, die Kultur und Weltanschauung der jeweiligen Gemeinschaft wider.

Viele Märchen, die man bis in die jetzige Zeit erzählt, wurden gesammelt und veröffentlicht. Viele davon waren dazu gedacht, dem Zuhörer einfach nur Vergnügen zu bereiten. Manche davon enthalten Kettengeschichten, kleine harmlose Geschichten die rund um eine Hauptperson passieren. Andere aber haben außergewöhnliche Themen.

Die Märchencharaktere sind entweder gut oder böse. Am Ende werden die Guten belohnt und die Bösen kritisiert und schließlich bestraft. Auf diese Weise will man die Zuhörer auffordern, sich für den guten Weg zu entscheiden. Da die Märchen zumeist für junge Zuhörer gedacht sind, ist die Sprache einfach und leicht verständlich. Die Themen, die in den Märchen aufgegriffen werden, sind sehr spannend, unerwartet und überraschend. Im Märchen zählt die Fantasie. Es gelten darin keine Regeln, die der realen Welt angehören, sondern es ist alles erlaubt.

Die türkischen Märchen beginnen oft mit ähnlichen Reimen, z.B.

> "Es war einmal oder auch nicht. In früheren Zeiten, als das Sieb noch im Stroh war, als die Kamele Ausrufer und die Läuse Barbiere waren. Als ich die Wiege meiner Oma quietschend hin- und herschob, ..."

Hier tritt man in die surreale Welt ein. Das erklärt auch, warum Zeit und Ort unbestimmt und anonym bleiben.

Und die Märchen schliessen oft mit solchen Reimen;

> "...Sie wurden sehr glücklich. Wir aber legen uns behaglich auf das Sofa. Drei Äpfel fielen vom Himmel – einer für sie (Hauptpersonen des Märchens), einer für die Zuhörer und einer für den Erzähler."

Die Hauptpersonen der türkischen Märchen sind meistens der Sultan, die Sultanstochter, der Sultanssohn, Keloğlan (ein armer aber kluger Junge mit kahlem Schädel), Hexen, alte Frauen und alte Männer, ein Araber, verwaiste Kinder und deren böse Stiefmutter, es kommen aber auch Fantasiefiguren wie Zümrüdüanka kuşu (der Zaubervogel), Elfen und Riesen vor. Die Sultans Familie symbolisiert Macht. Keloğlan ist stattdessen ein Volksheld, der normale Menschen symbolisiert.

Worauf es in den Märchen ankommt, ist das gute Benehmen. Damit soll erreicht werden, dass die Zuhörer versuchen gute Taten zu tun, den Glauben an das Leben und die Hoffnung nicht zu verlieren, und dass am Ende immer die Guten gewinnen und die Bösen ihre gerechte Strafe erhalten.

Wortschatz

Sultan	Padişah	osmanischer Herrscher
Wezir	Vezir	osmanischer Minister
Hodscha	Hoca	Geistlicher, erteilt jemandem weise Lehren
Lira		türkisches Währungssymbol
Groschen	Kuruş	türkisches Währungssymbol
Köroglu von Camlibel	Köroğlu	volkstümlicher Räuber des 17. Jh., lebte in Çamlıbel
Diwan	Sofa	
Hizir	Hızır	Islamischer Mythos; unsterblicher Heiliger, der im Augenblick höchster Bedrängnis zur Hilfe kommt

Bir varmış bir yokmuş. Evvel zaman içinde kalbur saman içinde, develer tellal pireler berber iken. Ben ninemin beşiğini tıngır mıngır sallar iken. Ninem düştü beşikten, dedem geçti eşikten. Anam kaptı maşayı. Ben kaçtım onlar kovaladı. Onlar kovaladı ben kaçtım. Az gittik, uz gittik. Dere tepe düz gittik. Bir de dönüp arkamıza baktık ki, bir arpa boyu yol gitmişiz...

Es war einmal oder auch nicht. In früheren Zeiten, als das Sieb noch im Stroh war, als die Kamele Ausrufer und die Läuse Barbiere waren. Als ich die Wiege meiner Oma quietschend hin- und herschob, fiel sie aus der Wiege und ging mit meinem Opa über die Türschwelle. Meine Mutter schnappte sich die Zange. Ich entfloh und sie verfolgten mich. Sie verfolgten mich und ich entfloh. Wir gingen fern und nah, über Bäche und Hügel. Als wir einmal hinter uns blickten, sahen wir, dass wir in Wirklichkeit nur die Länge eines Gerstenhalms gegangen waren...

Inhalt

1.

Nohutoğlan / Der Erbsenjunge

Der Erbsenjunge

Es war einmal, oder auch nicht ... In früheren Zeiten, als das Sieb noch im Stroh war ... Als die Kamele Ausrufer und die Läuse Barbiere waren, als ich die Wiege meiner Mutter quietschend hin- und herschob ...

In einem Dorf unter vielen Dörfern und in einem Haus unter vielen Häusern lebte ein Mann mit seiner Frau. Gott hatte ihnen alles gegeben, was man sich nur wünschen konnte, aber es gab kein Kind, das Freude in ihr Leben brachte. Der Mann arbeitete jeden Tag auf dem Feld. Wenn er am Abend nach Hause zurückkam, herrschte er seine Frau immer scharf an: „Den Baum ohne Früchte mag ich nicht." Die arme Frau verzweifelte wegen der Vorwürfe ihres Mannes, konnte aber nichts dagegen sagen. Sie nahm sich den Kummer zu Herzen und trug ihn in sich. „Ach, hätten wir doch ein Kind, so brächte es seinem Vater jeden Tag das Essen." So betete sie dauernd inständig.

Einmal, als sie am Herd Kichererbsen kochte, betete sie wieder aus tiefster Seele: „Ach! Mein Gott, schenk mir bitte ein Kind!" Kaum hatte sie das gesagt, fielen die Kichererbsen, die sie gerade kochen wollte, auf den Boden und verwandelten sich in kleine Kinder! Sie war ganz überrascht! Als sie so fassungslos um sich sah, verschlangen die Kinder das ganze Essen im Haus. Die Frau ärgerte sich darüber sehr. Sie fegte alle mit dem Besen ins Feuer. Eins jedoch sprang fort und versteckte sich auf dem Regal. Danach backte die Frau Börek. Sie dachte wieder nach und sprach zu sich: „Ach, hätte ich doch ein Kind, so brächte es seinem Vater das Essen." In diesem Augenblick sagte der kleine Junge auf dem Regal: „Ich bin hier, Mutter!", und kam runter. Seine Mutter sagte: „Nimm diese Börek und bringe sie deinem Vater und dann komm zurück." Der Erbsenjunge machte sich sofort auf den Weg. Schon bevor er auf dem Feld ankam, rief er seinem Vater zu: „Von welcher Seite soll ich kommen?" Als der Mann den kleinen Jungen sah, wunderte er sich und fragte sich: „Was soll das sein?" Er fragte: „Wer bist du denn?"

„Ich bin dein Sohn", antwortete ihm der Erbsenjunge.

Der Mann konnte es nicht recht glauben, aber um den Jungen aus der Nähe besser betrachten zu können, rief er: „Komm hier an diese Seite!"

Der Junge aß die Ränder des Böreks. Nach kurzer Zeit fragte er seinen Vater noch einmal: „Vater, von welcher Seite soll ich kommen?" Sein Vater sagte: „Komm durch die Mitte, mein Sohn." Diesmal aß er die Mitte des Böreks. Dann füllte er die Beutel mit Steinen und gab sie seinem Vater. Sein Vater ließ seine Arbeit im Feld und setzte sich auf den Boden, um zu essen. Der Erbsenjunge versteckte sich in dem Ohr eines Ochsen. Der Mann suchte überall, fand ihn aber nicht. Dann arbeitete er wieder auf dem Feld. Was er auch tat, es war vergeblich, er konnte den Ochsen nicht antreiben. Er ärgerte sich sehr darüber und schlachtete den Ochsen. Den Kopf des Tieres gab er einer Frau, die gerade durch die Gegend ging. Die Frau wollte auf dem Nachhauseweg auf einem Feld eine Wassermelone ernten, ohne zu fragen. Der Erbsenjunge rief: „Geh deines Weges, nimm keine Sachen, die dir nicht gehören!“ Die Frau sagte: „Woher kommt diese Stimme?“, und blickte umher. Angstvoll und in Eile ging sie heim. Als es dunkel war, ging sie zu Bett und schlief ein. Als sie schlief, kletterte der Erbsenjunge aus dem Ohr des Ochsen und schaute sich um. Er fesselte die Katze und den Hund und band sie neben der Tür an. Von dem Lärm wurde die Frau wach. Als sie sah, dass am Herd etwas funkelte, ging sie voll Angst nach draußen. Diesmal stach der Hahn ihr die Augen aus. Der Hund biss sie ins Bein. Die Frau rief die Dorfbewohner um Hilfe. Sie erwischten den Erbsenjungen. Sie sagten: „Du versuchst dich immer an etwas, dem du nicht gewachsen bist“, und hielten ihn im Gemeindehaus des Dorfes fest. Sie ließen ihn dort, bis er gelernt hatte zu gehorchen. Als er bestraft worden war, brachten sie ihn wieder zu seinen Eltern.

Nach diesem Tag hörte der Erbsenjunge auf jedes Wort seiner Eltern. Sie lebten zusammen in gutem Einvernehmen. Sie wurden glücklich miteinander. Wir aber legen uns behaglich auf das Sofa.

Nohutoğlan Masalı

Bir varmış, bir yokmuş. Evvel zaman içinde, kalbur saman içinde, develer tellal pireler berber iken, ben annemin beşiğini tıngır mıngır sallar iken...

Köylerden bir köyde, evlerden bir evde, bir adam karısı ile birlikte yaşarmış. Allah onlara hayal edebilecekleri herşeyi vermiş, ama onlara yaşama sevinci verecek bir çocuk vermemiş. Adam sabahtan akşama kadar tarlada çalışırmış. Akşamları eve döndüğünde karısına hep acı laflar dokundururmuş: „Meyvesiz ağacı istemem." Zavallı kadıncağız, kocasının sarfettiği sözler dolayısıyla çok kırılır, ama ona karşı çıkacak bir laf etmezmiş. Derdini içinden alır, içine verirmiş. „Ah, keşke bir çocuğum olsaydı, babasına her gün yemek taşırdı." İçinden sürekli hep bu şekilde dua edermiş.

Bir defasında ocak başında nohut yemeği pişirirken yine içinden dualar etmiş: „Ah! Allah'ım bana bir çocuk ver!" Bunu der demez yemeğe koyacağı nohutlar elinden düşmüş, küçük çocuklara dönüşmüş. Neye uğradığını şaşırmış! Ne yapacağını bilmez halde etrafına bakınırken, evdeki bütün yemekleri ne var ne yoksa yeyip yutmuşlar. Kadın bunun üzerine çok sinirlenmiş. Süpürge ile hepsini ateşe süpürmüş. Bir tanesi olduğu yerden zıplayıp raflardan birinin üzerine saklanmış. Kadın sonra börek açmış. Yine kendi kendine düşünüp içinden geçirmeye başlamış: „Ah, benim de bir çocuğum olsaydı, babasına yemek götürürdü." O anda küçük oğlan rafın üzerinden „Buradayım anne!" deyip aşağı inmiş. Annesi demiş ki: „Al bu böreği, babana götür, sonra da geri gel." Nohutoğlan hemen yola koyulmuş. Tarlaya varmadan babasına seslenmiş: „Hangi yandan geleyim baba?" Adam Nohutoğlan'ı görünce şaşırıp kalmış, kendi kendine, ‚Bu da neyin nesi?' demiş. Ona sormuş: „Sen de kimsin?"

„Ben senin oğlunum," diye cevap vermiş Nohutoğlan.

Adam öyle hemen inanamamış dediğine, ama daha yakından görebilmek için ona seslenmiş: „Kenardan gel!"

Oğlan böreğin kenarlarını yemiş. Çok geçmeden babasına tekrar sormuş: „Baba ne yandan geleyim?" Babası demiş ki: „Ortadan gel oğlum." Bu sefer böreğin ortasından yemiş. Sonra torbayı taşla doldurup babasına vermiş. Babası tarladaki işini bırakıp yemeğini yemek için yere çömelmiş. Nohutoğlan öküzün kulağına saklanmış. Adam onu her yerde aramış, ama bulamamış. Sonra tarlada çalışmaya devam etmiş. Elinden geleni yapmış, ama öküzü yerinden kıpırdatamamış. Bu işe çok sinirlenip öküzü kesmiş. Öküzün kafasını da oralardan geçmekte olan bir kadına vermiş. Kadın evine giderken yoldaki bir tarladan izinsiz bir karpuz koparıp almaya kalkmış. Nohutoğlan bağırmış: „Git kendi yoluna, sana ait olmayan mala da el uzatma." Kadın kendi kendine „Nerden geliyor bu ses?" deyip etrafına bakınmış. Panik içinde aceleyle evine yollanmış. Hava kararınca yatağına gidip uyumuş. O uyurken Nohutoğlan öküzün kulağından çıkıp etrafa bakınmış. Bir kedi ile köpeği bulup birbirine kelepçeledikten sonra kapıya bağlamış. Sesi duyan kadın kalkmış. Ocakta bir şeyin parladığını görünce panik içerisinde dışarıya kaçmış. Bu sefer de tavuk gagasını gözüne batırmış. Köpek bacağını ısırmış. Kadın köy halkından yardım istemiş. Nohutoğlan'ı yakalamışlar.

„Boyundan büyük işlere kalkışıyorsun," diyerek tutup köy evine kapatmışlar. Dersini alana kadar da orada bırakmışlar. Cezası tamamlandığında tekrar anasına babasına götürüp teslim etmişler. O günden sonra Nohutoğlan anasının babasının sözünden hiç çıkmamış. Sefa içinde yaşayıp gitmişler. Onlar ermiş muradına, biz çıkalım kerevetine.

2.

Dipsiz Kuyu / Der bodenlose Brunnen

Der bodenlose Brunnen

Es war einmal oder auch nicht. In ganz frühen Zeiten, als das Sieb noch im Stroh war, die Flöhe Barbiere und die Kamele Ausrufer waren und meine Mutter noch in der Wiege hin- und hergeschaukelt wurde, da gab es in der Ferne ein kleines Land, über das ein guter und ehrlicher Sultan herrschte. Der Sultan wurde alt und krank und lag im Bett darnieder. Seine Söhne stritten sich schon seit langem darüber, wer die Nachfolge antreten würde, aber der Sultan, der keine Ahnung hatte von den hinterhältigen Gedanken seiner Söhne, rief beide zu sich und sprach: „Was tut ihr hier und wartet auf meinen Tod? Geht los und sucht ein Heilmittel gegen meine Krankheit!" Am nächsten Morgen legten die Söhne einen langen Weg durch Flüsse und über Hügel zurück, aber wie sie hinter sich blickten, erkannten sie, dass sie doch nur so weit gekommen waren wie die Länge eines Gerstenhalmes. Als sie zu einem Brunnen kamen, beschlossen sie, dort zu übernachten. Der jüngere Bruder wollte Wasser aus dem Brunnen holen, aber der ältere nutzte die Gelegenheit und stieß ihn hinein. Mit dem Gedanken, dass er seinen Bruder los war, schlief er in dieser Nacht. Am Tag darauf kehrte er zum Palast zurück und erzählte seinem Vater mit kummervoller Miene, dass sie auf dem Weg von Räubern angegriffen worden waren, dass der Bruder tot sei, und dass er selbst nur mit knapper Not sein Leben habe retten können. Der Sultan wurde sehr traurig, als er hörte, was geschehen war, und zweifelte nicht an den Erzählungen seines älteren Sohnes. Der jüngere Sohn war in einen tiefen Brunnen gefallen. Der Brunnen aber, in den der jüngere Bruder hineingefallen war, war so tief, als wäre er bodenlos.

Der Junge, der nicht einmal merkte, wie lang die Zeit war, die er durch den Brunnen hindurchfiel, schlug unten auf den Boden, verlor sein Bewusstsein und fiel schließlich in Ohnmacht. Als er nach einer Weile wieder zu sich kam, stand ein alter Mann mit weißem Bart neben ihm. Der Alte fragte ihn: „Wie bist du hier hineingekommen, mein Sohn? Dies ist ein bodenloser Brunnen, aus dem es kein Entrinnen gibt." Als der Junge seine Worte hörte, wurde er ganz traurig, er beklagte sich bitterlich über das, was ihm widerfahren war, und bat den Alten, ihm zu helfen, aus dem Brunnen herauszukommen. Der alte Mann mit dem weißen Bart sagte: „Wenn du zu Unrecht hier hineingefallen bist, zeige ich dir, wie du dich retten kannst." Er riss sich zwei Barthaare aus und gab sie dem Jungen. „Wenn du diese zwei Haare aneinander reibst, kommen zwei Pferde zu dir, ein weißes und ein schwarzes. Wenn du auf das schwarze Pferd steigst, landest du sieben Mal tiefer unter der Erde, wenn du auf das weiße Pferd steigst, kehrst du auf die Erde zurück. Pass auf, dass du nicht das falsche Pferd nimmst", sagte der Alte und verschwand im Nu aus dem Blickfeld.

Als der junge Mann die Barthaare aneinander rieb, sah er im selben Augenblick ein weißes und ein schwarzes Pferd in höchster Eile auf sich zu rennen. Er stieg versehentlich auf das schwarze Pferd und befand sich plötzlich an einem unbekannten Ort, sieben Mal tiefer unter der Erde. Er lief eine Weile umher und erkundete die Umgebung. Es war ein seltsamer Ort mit menschenleeren, geräuschlosen Straßen. Nach einer Weile traf er eine alte Frau, die ihn neugierig ansah und fragte: „Ich sehe dich zum ersten Mal an diesem Ort. Von welcher Familie stammst du, mein Sohn?“ Der junge Mann erzählte, was ihm zugestoßen war, und die alte Frau hatte Mitleid mit ihm. Da er allein war, nahm sie ihn in ihr Haus und gab ihm zu essen. Dann sprach sie: „Mein Junge, wir haben aber kein Wasser zum Trinken. Am Hügel drüben fließt eine Quelle. Ein Riese hat einen großen Stein darübergerollt. Nun traut sich niemand dorthinzugehen, um mit dem Riesen um das Wasser zu kämpfen. Einmal in der Woche bringt eine junge Frau dem Riesen ein Tablett mit Speisen, in dieser Zeit befüllen wir unsere Wasserkrüge mit so viel Wasser, wie wir tragen können. Der böse Riese aber nimmt zuerst die Mahlzeit zu sich und dann auch noch das Mädchen, und dann versperrt er die Wasserquelle wieder mit dem Stein. Morgen ist die Sultanstochter an der Reihe. Hoffentlich bekommen wir endlich wieder Wasser.“

Der junge Mann, der der alten Frau mit ernster Miene zugehört hatte, war sehr empört über diese seltsame Geschichte. Er blieb über Nacht im Haus der alten Frau und ging am Morgen zum Hügel. Er wollte selber sehen, was dort in Wirklichkeit passierte. Er traf ein schönes Mädchen, das ein schwer mit Essen beladenes Tablett trug. Er begrüßte die junge Frau und fragte sie, was sie zum Hügel führe. Die junge Frau erzählte die Geschichte von dem Riesen, genau wie die ältere Frau sie beschrieben hatte. Als der junge Mann in ihre Augen schaute, verliebte er sich auf der Stelle in sie und war fest entschlossen, sie vor dem Riesen zu retten. Zusammen liefen sie zum Hügel, wo der Riese sich niedergelassen hatte. Als sie sich dem Ort näherten, verbargen sie sich hinter Büschen und tauschten ihre Kleider. Mit dem Kleid und dem Kopftuch der jungen Frau war der junge Mann nicht mehr von ihr zu unterscheiden und der Riese erkannte nicht, wer ihm in Wirklichkeit das Essen auf dem Tablett serviert hatte. Während der Riese ahnungslos die Mahlzeit mit Genuss zu sich nahm, ergriff der junge Mann unauffällig einen Stein und schlug ihm damit auf den Kopf. Der Riese fiel bewusstlos zu Boden und starb sofort. Das Mädchen und der junge Mann tauschten wieder ihre Kleider, diesmal mit Freude, und sie gingen zusammen zum Vater des Mädchens in den Palast.

Als seine Tochter mit glücklicher Miene zum Palast zurückkehrte, dachte der Sultan erst, sie sei gar nicht zu dem Riesen gegangen, und er schrie vor Wut: „Was hast du vor, willst du unser ganzes Volk verdursten lassen?“ Die junge Frau stellte ihrem Vater den Jungen vor und erzählte, wie dieser heldenhaft den Riesen getötet hatte. Es gefiel dem Sultan sehr, was er hörte. Er schenkte dem jungen Mann 40 Goldstücke. Er brauchte aber kein Gold, brachte es zu der alten Frau und sprach: „Nimm dir davon, so viel du willst, die übrigen Goldmünzen verteile an arme Leute.“ Die alte Frau freute sich sehr und da sie wusste, dass er wieder auf die Erde zurückkehren wollte, sagte sie: „Am Hügel, wo die Wasserquelle ist, steht ein verzauberter Baum. Auf dem Baum befindet sich das Nest des Zaubervogels. Nur der kann dich auf die Erde zurückbringen.“ Als er ihre Worte hörte, küsste er ihr dankbar die Hand, verabschiedete sich und ging weg.

Als der junge Mann zum Hügel kam, fand er rasch den verzauberten Baum, aber was sah er, als er dort ankam? Eine Schlange schlängelte sich den Baum hoch und ergriff beinahe das Vogelnest. Offenbar war der Zaubervogel weggeflogen, um Futter für seine Jungen zu sammeln. Ohne zu zögern, kletterte der junge Mann auf den Baum, ergriff den Hals der Schlange mit aller Kraft und warf das getötete Tier zu Boden. Die kleinen Vögel zwitscherten vor Freude. Kurz darauf kam der Zaubervogel zu seinem Nest zurück. Wie er das Zwitschern seiner Kinder hörte, dachte er sofort daran, dass etwas Schlimmes passiert sei. „Wehe, wenn du meinen Kindern etwas antust, dann wird es dir schlecht ergehen!“, rief er und nahm einen Stein hoch, um diesen auf den jungen Mann zu werfen. Da zwitscherten die Jungvögel so eifrig, dass der Zaubervogel seinen Fehler bemerkte. Dann sah er die tote Schlange und sprach: „Ich danke dir, dass du meine Kinder gegen die Schlange verteidigt hast. Zum Dank hast du einen Wunsch frei.“ Der junge Mann hatte gehofft, genau diese Worte zu hören. Er erzählte von seinem Kummer und dem Wunsch, wieder zur Erde zurückkehren zu können. Da sprach der Zaubervogel: „Dann bringe mir 40 Säcke voll Fleisch und 40 Schläuche voll Wasser.“

Der junge Mann überlegte, wie er die Dinge besorgen konnte, die der Zaubervogel von ihm verlangte. Er dachte aber auch noch an die Tochter des Sultans, in die er sich verliebt hatte und ohne die er nicht nach Hause zurückkehren mochte. Er nahm all seinen Mut zusammen, ging zum Sultan, erzählte seine ganze Geschichte von vorn bis hinten und erklärte, dass er seine Tochter gern heiraten würde und dass er sich wünschte, mit ihr auf die Erde zurückzukehren. Da der junge Mann den Riesen getötet und sein Land gerettet hatte, erlaubte der Sultan ihm seine Tochter zu heiraten. Nun wünschte sich der junge Mann noch 40 Säcke Fleisch und 40 Schläuche Wasser und erhielt vom Sultan, was er brauchte. Dann gingen die jungen Leute Hand in Hand und die Soldaten des Sultans trugen hinter ihnen die Vorräte zu dem Baum, wo der Vogel sein Nest hatte.

Nachdem der Zaubervogel mit Futter für seine Kinder zu seinem Nest zurückgekehrt war, verteilten sie die Säcke und Schläuche auf seine Flügel. Das Mädchen und der junge Mann stiegen auch auf seinen Rücken. Der Zaubervogel sprach: „Wenn ich ‚tschak' sage, gebt mir Fleisch, und wenn ich ‚tschuk' sage, reicht mir Wasser.“ Dann flog er in die Lüfte. Als sie auf der Erde landeten, war kein Fleisch mehr übrig, und so schnitt der junge Mann hilflos ein kleines Stück Fleisch aus seinem Bein und gab es dem Zaubervogel. Dieser merkte, dass es Menschenfleisch war, und schluckte es nicht hinunter. Endlich waren sie am Schloss des Sultans angekommen, der der Vater des jungen Mannes war, und der Augenblick des Abschieds war nahe. Da sah der Zaubervogel, dass der junge Mann hinkte, und fragte ihn nach dem Grund.

Der Junge schwieg. Der Zaubervogel spie das Fleisch aus seinem Schnabel, fügte es wieder in das Bein und verabschiedete sich. Der junge Mann und das Mädchen gingen gleich zum Vater, um ihm die Hand zu küssen. Der alte Sultan lag im Sterben und war überglücklich, dass sein Sohn gesund und munter heimgekehrt war und sogar eine schöne Braut mitgebracht hatte. Der große Bruder des jungen Mannes aber bereute seine Taten und verließ freiwillig das Land. Der Sultan übergab seinem jüngeren Sohn den Thron und die Krone und verschenkte an alle armen Landsleute eine Goldmünze. Eine prachtvolle Hochzeit wurde veranstaltet, die vierzig Tage und vierzig Nächte dauerte. Ihre Wünsche wurden erfüllt. Wir aber begeben uns nun zufrieden zur Ruhe. Vom Himmel aber fielen noch drei Äpfel, einer für den jungen Mann, einer für das Mädchen und einer für den Erzähler.

Dipsiz Kuyu Masalı

Bir varmış bir yokmuş, evvel zaman içinde kalbur saman içinde, develer tellal, pireler berber iken, ben annemin beşiğini tıngır mıngır sallar iken çok uzaklarda küçük bir ülkenin iyi ve adaletli bir padişahı varmış. Bu padişah artık yaşlanıp hastalanmış, yatağa düşmüş. Çoktan yerine göz dikmiş olan iki geçimsiz oğlu babaları ölmeden taht kavgasına düşmüşler. Bu durumdan habersiz olan padişah iki oğlunu yanına çağırıp şöyle demiş: „Ben burada ölüm döşeğindeyken, siz ne duruyorsunuz, gidin derdime bir çare bulun!“ İki kardeş sabahın tezinden yola çıkmışlar. Az gitmişler uz gitmişler, dere tepe düz gitmişler. Bir de dönüp bakmışlar ki gittikleri yol bir arpa boyu kadarmış. Bir kuyu görünce dinlenmek için konaklamaya karar vermişler. Küçük kardeşin serinlemek için kuyudan su çekmesini fırsat bilen abisi, onu kuyunun içine itmiş. Böylelikle ondan kurtulmuş olduğunu düşünüp uyumuş. Ertesi sabah babasının sarayına geri dönmüş. Acılı ve üzgün bir halde kardeşiyle kendisine yolda haramilerin saldırdığını, kardeşinin öldüğünü ve kendisinin canını zor kurtardığını anlatmış. Padişah bunları duyduğunda çok üzülmüş, büyük oğlunun anlattıklarından bir şüphe duymamış. Küçük kardeşinse düştüğü kuyu o kadar derinmiş ki, sanki dipsiz bir kuyu gibiymiş.

Ne kadar zaman aşağıya doğru düştüğünün farkında olmayan delikanlı, sonunda yere çarpıp bilincini kaybetmiş. Bir süre sonra kendine geldiğinde başında ak saçlı bir dede varmış. Dede ona „Nasıl buraya düştün oğlum, burası dipsiz bir kuyudur, buraya bir düşen bir daha yeryüzüne dönemez.“ demiş. Bunu duyduğunda çok üzülen delikanlı yana yakıla kuyuya nasıl düştüğünü anlatmış ve yeryüzüne çıkabilmek için ondan yardım istemiş. Ak sakallı dede „Madem bir haksızlığa uğrayıp buraya düştün, sana yardım edip burdan kurtulmanın yolunu göstereceğim.“ demiş ve sakalından iki tel koparıp delikanlıya vermiş, „Bu iki teli birbirine sürttüğün vakit biri kara, biri ak, iki at sana doğru gelecek, ak olan at yeryüzüne, kara olanı da yerin yedi kat dibine götürür. Sakın ola yanlış ata binmeyesin.“ demiş ve bir anda gözden kaybolmuş.

Delikanlı elindeki iki teli birbirine sürttüğü vakit karanlığın içerisinden biri ak, biri de kara olan iki atın ona doğru dolu dizgin geldiğini görmüş. Delikanlı yanlışlıkla kara olan ata binmiş. Birden bambaşka bir ülkeye gelmiş. Burası yerin yedi kat dibiymiş. Epeyce yürüyüp etrafına bakınmış. Sokakları ıssız ve sessiz, garip bir yermiş burası. Neden sonra ağır ağır yürümekte olan yaşlı bir nineye rast gelmiş. Nine ona „Seni buralarda daha önce hiç görmedim, kimlerdensin oğlum?“ diye merak edip sormuş. Delkanlı başından geçenleri nineye anlatmış. Nine onun haline acımış, evsiz ve yalnız olduğu için evine almış, yemek vermiş. „Fakat suyumuz yok oğlum, karşıdaki tepeden akan suyun başına bir dev koca bir kaya koyup köyümüze gelen suyu kesti. Haftada bir, genç bir kız elinde bir tepsi dolusu yemekle yanına giderse kayayı suyun önünden kaldırıyor. O vakit taşıyabildiğimiz kadar suyu testilere doldurup eve getiriyoruz. Fakat kötü huylu dev her seferinde yemekten sonra genç kızı da yiyor ve sonra kayayı tekrar su kaynağının yoluna tıkıyor. Yarın sıra padişahın kızında. İnşallah yine suya kavuşacağız." demiş.

Nineyi dikkatle dinleyen delikanlı duyduğu bu tuhaf hikayeye çok şaşırmış. O gece nineye misafir olup ertesi gün bahsettiği tepeye çıkmış. Ne olup bittiğini kendi gözleriyle görmek istemiş. Elinde yemek dolu tepsiyle ona doğru gelen çok güzel bir kıza rastlamış. Selam verip böyle dağ başı bir yerde ne işi olduğunu sormuş. Kız devin hikayesini nine nasıl anlattıysa öyle anlatmış. Delikanlı bu dünya güzeli kızın gözlerine bakınca onu ilk bakışta sevmiş ve devin elinden kurtarmaya karar vermiş. Birlikte devin mesken tuttuğu tepeye yürümüşler. Yaklaştıklarında çalılık bir yerde kıyafetlerini değiştirmişler. Delikanlı genç kızın çiçekli eteğini giyinip başına da al yazmasını bağlayınca, dev elinde tepsiyle bulunduğu yere yaklaşanın bir kız değil de, erkek olabileceğini farketmemiş. Dev hiç şüphelenmeden tepsideki yemekleri afiyetle yerken delikanlı kendisine hissettirmeden yerden bulduğu bir kaya parçasını kafasına indirivermiş. Oracıkta yere yığılan dev bir anda ölmüş. Delikanlı su kaynağının uzerindeki kayayı da kaldırmış. Kız sevinç içerisinde delikanlı ile kıyafetlerini değiştirdikten sonra birlikte babasının sarayına dönmüşler.

Padişah kızının sevinç içerisinde saraya döndüğünü görünce, devin yanına gitmediğini düşünüp çok öfkelenmiş. „Amacın nedir senin, halkımızı susuzluktan mı öldürmek istiyorsun?" diye bağırmış. Kız ise yanındaki delikanlıyı babasına gösterip onun devi hiç korkmadan nasıl öldürdüğünü anlatmış. Padişah duyduklarına çok memnun olmuş. Delikanlıyı 40 altınla ödüllendirmiş. Delikanlı ise paraya ihtiyacı olmadığı için kırk altını kendisini evine alan yaşlı nineye götürmüş. İhtiyacı olanı almasını ve gerisini fakir fukaraya dağıtmasını söylemiş. Buna pek memnun olan nine, delikanlının aslında yeryüzüne geri dönmek niyetinde olduğunu bildiğinden şöyle demiş: „Tepede suyun kaynağının başladığı yerde sihirli bir ağaç var. O ağacın tepesinde Zümrüdüanka kuşunun yuvası vardır. Sadece o seni yeryüzüne uçurabilir." Bunu duyan delikanlı çok sevinmiş, ninenin elini öperek ona veda etmiş ve oradan ayrılmış.

Delikanlı tepeye çıkınca çok geçmeden sihirli ağacı bulmuş, ama oraya vardığında ne görsün? Bir yılan kıvrılarak çıktığı ağacın üzerindeki kuş yuvasına saldırmak üzereymiş. Meğer o sırada Zümrüdüanka kuşu yavrularına yem aramaya gitmiş. Delikanlı hiç düşünmeden ağaca tırmanmış, yılanı tuttuğu gibi boğazından kuvvetlice sıkıp, ölen hayvanı yere fırlatmış. Yavrular sevinçten cıvıl cıvıl ötüşmüsler. Bunun üzerine yuvasına dönen Zümrüdüanka kuşu yavrularının heyecanla cıvıldamasından başlarına kötü bir şey gelmiş olabileceğini düşünmüş. Delikanlıya „Demek sen yavrularıma zarar vermek istedin, şimdi görürsün." demiş. Tam yerdeki bir kayayı kapıp delikanlıya atacakken yavrular daha bir sesli cıvıldamaya başlamışlar. Sonra Zümrüdüanka kuşu yerdeki ölü yılanı görünce hata yaptığını anlamış. Delikanlıya „Yavrularımı yılandan koruduğun için sana minnettarım, senin için ne yapabilirim, dile benden ne dilersen." demiş. Delikanlı da bu sözleri duymak istiyormuş. Derdini anlatıp kendisini yeryüzüne uçurmasını dilemiş. Zümrüdüanka kuşu da ona „Madem öyle, bana kırk tuluk etle kırk tulun su getirmelisin." demiş.

Delikanlı bir yandan Zümrüdüanka kuşunun onu yeryüzüne çıkarmasının karşılığında istediklerini nasıl bulabileceğini düşünürken, bir yandan da padişahın güzel kızını sevdiğini, onu bırakıp burdan gidemeyeceğini aklından geçiriyormuş. Bütün cesaretini toplayıp saraya gitmiş ve padişahın huzuruna çıkmış. Ona kendi hikayesini başından sonuna anlatıp kızıyla evlenmeye talip olduğunu, onunla birlikte yeryüzüne dönmek istediğini söylemiş. Padişah delikanlının devi öldürerek ülkesine büyük iyilik yaptığı için evlenmelerine izin vermiş. Delikanlı padişahtan 40 tuluk etle kırk tulun su da istemiş. Padişah „Delikanlı ne istiyorsa verilsin." diye emir vermiş. Delikanlı sevdiği kızın elini tutup önden yürümüş, padişahın askerleri de onların peşinden kırk tuluk etle kırk tulun suyu sihirli ağacın yanına kadar taşımışlar.

Zümrüdüanka kuşu yavrularına yemek toplayıp yuvasına döndüğünde getirdikleri 40 tuluk etle kırk tulun suyu kanatlarına yerleştirmişler. Kızla oğlan da kuşun sırtına çıkmışlar. Zümrüdüanka kuşu „Ben ‚çak' dersem et, ‚çuk' dersem bana su verin." deyip havalanmış ve uçmaya başlamış. Yeryüzüne ulaştıklarında et bitmiş. Oğlan çaresiz bacağından bir parça et koparıp kuşun ağzına atmış. Kuş insan eti yemezmiş, hemen farkedip çiğnemeden ağzında tutmuş. Nihayet delikanlının babasının sarayına vardıklarında ayrılma vakti gelmiş. Zümrüdüanka kuşu sırtından inen oğlanın topalladığını farkedip sebebini sormuş.

Delikanlı hiç bir şey dememiş. Zümrüdüanka kuşu ağzında tuttuğu eti bacağına yapıştırıp onlara veda etmiş. Oğlanla kız doğruca saraya babasının elini öpmeye gitmişler. Ölüm döşeğindeki padişah oğlunun sağ salim üstelik de dünya güzeli bir kızla döndüğünü görünce çok sevinmis. Delikanlının ağabeyi hatasından pişmanlık duyup ülkesini kendi arzusuyla terketmiş. Padişah tahtını tacını bırakmış, yerine küçük oğlunu geçirmiş. Ülkedeki tüm yoksullara birer altın dağıtmış. Kırk gün kırk gece süren muhteşem bir düğün tertiplenmiş. Onlar ermiş muradına, biz çıkalım kerevetine. Gökten üç elma düşmüş, biri delikanlının, biri sevdiği kızın, biri de masalı anlatanın başına.

3.

Dağlar Beyinin Oğlu ile Ovalar Beyinin Kızı
Der Sohn des Herrn des Berges und die Tochter des Herrn des Tales

Der Sohn des Herrn des Berges und die Tochter des Herrn des Tales

In ganz frühen Zeiten, als das Sieb noch im Stroh war, als die Mütter ihre ungeborenen Kinder in der Wiege hin- und herschaukelten ... Als ich gemütlich auf dem Diwan schlief, habe ich eine Stimme gehört und bin aufgestanden. Ich habe einen Blick um mich herum geworfen. Nur die Elfen tanzten und die Ungeziefer spielten. Es gab niemanden mehr.

Es war einmal oder auch nicht; als der Herr der Berge 40 Jahre alt war, bekam er einen Sohn. Das Baby weinte viel und machte seiner Mutter recht viele Umstände. Eines Tages stillte die Mutter ihren Sohn, wechselte seine Windeln und legte ihn in sein Bett, damit er ruhig schlafen sollte. Sie ließ das Baby im Bett allein und ging hinaus, um eine kleine Pause zu machen. Durch das offene Fenster kam ein Vogel geflogen, er packte das Baby und flog mit ihm fort. Der Vogel adoptierte das Baby und zog es mit seinen eigenen Kindern auf. Es vergingen einige Jahre. Aus dem Baby wurde schließlich ein junger Mann. Tagsüber sah er aus wie ein Vogel und flog mit Flügeln. Abends aber badete er im Fluss und verwandelte sich in einen Menschen.

Der Herr des Tales hatte eine wunderschöne Tochter im gleichen Alter. Eines Tages saß die Tochter des Herrn des Tales im Garten ihres Schlosses, sie spann und sang dabei ein Klagelied. Der Junge, der in diesem Moment als Vogel um das Schloss flog, hörte die schöne Stimme des Mädchens und ließ sich auf einem Baum im Garten nieder. Das Mädchen legte die Spindel beiseite und fing an im Garten spazieren zu gehen. Der Junge packte ihre Spindel und flog weg. Verblüfft sah sie dem Vogel hinterher. Sie fühlte sich auf einmal traurig und sehr einsam. Sie wurde von Tag zu Tag blasser. Das Schicksal seiner Tochter tat dem Herrn des Tales sehr leid. Er rief seine Tochter zu sich und fragte nach dem Grund ihrer Traurigkeit. Sie erzählte, was sie erlebt hatte, und sprach: „Vater, bau für mich ein Badehaus, damit ich baden und meinen Kummer abwaschen kann." Der Herr des Tales ließ sofort ein Badehaus nach den Wünschen seiner Tochter bauen. Überall wurde ausgerufen: „Wer Kummer hat, soll im Badehaus baden und seinen Kummer abwaschen. Wer keinen Kummer hat, braucht aber nicht vorbeizukommen." Das Mädchen badete und badete, konnte seinen Kummer aber trotzdem nicht loslassen. Aus dem ganzen Land kamen Leute, um dort zu baden, und wurden von ihrem Kummer erlöst. Sie sprach mit jedem, fand aber niemanden, der an einem ähnlichen Kummer litt wie sie selbst.

Eines Tages kam die Frau des Herrn des Tales mit ihrer Dienerin zum Badehaus. Als sie mit ihrem Bündel ins Badehaus hineinging, packte der Vogel ihr Bündel und entfloh. Die Dienerin lief dem Vogel hinterher und kam zu seinem Versteck. So sah sie, dass der Vogel ins Wasser hineinging und als Mensch herauskam. Er schlug mit seinem Schwert an einen großen Felsen und es öffnete sich eine Tür. Hinter der Tür gab es einen kleinen, verborgenen

Palast. Als der junge Mann in den Palast ging, folgte die Dienerin ihm heimlich, bevor die Tür geschlossen wurde, und versteckte sich in einer Ecke. Der junge Mann ließ sich auf einem Diwan nieder, nahm die Spindel in die Hand und weinte: „Meine schönäugige Geliebte, deine Nadel und dein Garn sind hier, aber du nicht. Wo bist du nur?“ Die Dienerin dachte sofort an die Tochter des Herrn des Tales. Offenbar war der Kummer des Mädchens von Mund zu Mund erzählt worden und allen zu Ohren gekommen. Sie verließ den Palast des jungen Mannes und machte sich auf den Weg zum Palast des Herrn des Tales. Sie lief ein weites Stück Weg, aber als sie sich umsah, erkannte sie, dass sie nur die Länge eines Gerstenhalmes gegangen war. Sie war sehr erschöpft. Sie traf einen Büffel und sprach zu ihm: „Büffel, trage mich auf deinem Rücken.“ Der Büffel antwortete: „Wenn du mir den Rücken kraulst, trage ich dich.“ Als sie den Rücken des Büffels kraulte, trug er sie bis zu einem Fluss. Der Fluss war tief. Sie wusste nicht, wie sie durch den Fluss hindurchwaten konnte. Da sah sie eine alte Frau, die ihre Kühe weiden ließ, und fragte: „Frau, wie komme ich an das andere Ufer?“ Die alte Frau antwortete: „Wenn du mir den Rücken kraulst, verrate ich es dir.“ Die Dienerin kraulte auch ihr den Rücken. Die alte Frau sprach: „Zuerst fließt schwarzes Wasser, dann gelbes Wasser und wenn danach das blaue Wasser fließt, dann watest du ans andere Ufer.“ Die Dienerin wartete, zuerst floss das schwarze Wasser, dann das gelbe Wasser, und als das blaue Wasser floss, watete sie durch den Fluss. Sie ging bis zum Schloss des Herrn des Tales und fand dort das Mädchen. Sie erzählte ihr, was sie gesehen und gehört hatte. Die Tochter des Herrn des Tales sagte: „Wenn du mich dorthin bringst, schenke ich dir das Badehaus, das mein Vater gebaut hat.“ Sie gingen sofort los, denselben Weg zurück und fanden den Felsen. Die Dienerin hielt sich im Hintergrund und die Tochter des Herrn des Tales versteckte sich heimlich in einer Ecke und wartete auf den jungen Mann.

Als es Abend wurde, kam der Vogel, um im See zu baden, und er kam schließlich als Mensch aus dem Wasser heraus. Als er zum Felsen ging und mit seinem Schwert daran schlug, öffnete sich die Tür. Wie er das Schloss betrat, lief das Mädchen hinter ihm hinein. Wieder nahm der junge Mann ihre Spindel in die Hand und begann zu weinen und zu klagen: „Wo bist du, meine schönäugige Geliebte, hier sind doch deine Nadel und dein Garn.“ In diesem Augenblick rief das Mädchen: „Hier bin ich doch, mein Liebster“, und lief zu ihm und umarmte ihn. Beide wurden sehr glücklich und fingen an zusammen zu leben. Der junge Mann verwandelte sich tagsüber in einen Vogel und flog fort. Abends kam er als Mensch in den Palast zurück, wo sie auf ihn wartete. Irgendwann wurde der Bauch des Mädchens rund und sie merkten, dass sie schwanger war. Als ihr Bauch schon ziemlich groß war, sprach der junge Mann zu ihr: „Ich bringe dich zu meiner Mutter, sie wird gut auf dich aufpassen.“ Wieder verwandelte er sich in einen Vogel und flog langsam vor ihr her, um ihr den Weg zu weisen. Er brachte sie ins Haus seines Vaters und dann flog er fort. Die Mutter nahm das Mädchen in ihrem Haus auf. Das Mädchen richtete ihr aus: „Ich habe Grüße von Ihrem Sohn mitgebracht, er hat mir den Weg hierher gezeigt“, aber sie glaubten ihren Worten nicht. Sie behandelten sie wie eine Fremde und ließen sie unter der Treppe schlafen. In dieser Nacht kam das Baby zur Welt. Es hatte genau wie sein Vater einen Leberfleck auf dem Nabel. Am nächsten Tag kam der Vogel angeflogen, um Frau und Sohn zu besuchen. Er sprach: „Mutter, pass gut auf meinen Sohn auf!“, und flog danach weiter. Als die Dienerin hörte, wie der Vogel sprach, ging sie zur Frau des Herrn des Berges, um es ihr zu erzählen.

Die Mutter ließ nun alle Fenster teeren. Als der Vogel wieder angeflogen kam, blieb er an einem Fenster kleben, weil der Teer noch feucht war. Er beschwerte sich: „Mutter, was hast du da getan, wie soll ich so leben?“ Die Mutter aber kam zu dem Vogel und sprach: „Ach, mein lieber Sohn, mein Augenschein, dank demjenigen, der uns wieder vereint. Sag mir, was soll ich tun, um dich von diesem Zauber zu befreien?“ Der Vogel sprach: „Mein Vater soll Holz sammeln und ein Feuer machen. Dann soll er einen anderen Vogel fangen und ins Feuer werfen, damit meine Vogelfreunde glauben, ich sei tot, und mich nicht weiter suchen.“ Die Mutter tat, wie ihr aufgetragen worden war. Der Zauber, der auf dem jungen Mann lag, wurde gebrochen. Der Vogel badete ein letztes Mal im See und kam für immer als Mensch heraus. Sowohl die Familie des Herrn des Berges als auch die Familie des Herrn des Tales freuten sich sehr über den Fortgang der Geschichte. Sie richteten für das junge Paar eine Hochzeit aus, die vierzig Tage und vierzig Nächte dauerte. Sie wurden sehr glücklich. Wir aber legen uns behaglich auf das Sofa …

Dağlar Beyinin Oğlu ile Ovalar Beyinin Kızı Masalı

aman zaman içinde, kalbur saman içinde, analar doğacak çocuklarının beşiğini sallar iken. Ben sedirde mışıl mışıl uyurken. Bir ses duyup kalktım. Etrafa şöyle bir göz attım. Periler dans ediyor, cinler cirit oynuyordu. Başka hiç kimseler yoktu.

Bir varmış bir yokmuş. Dağlar beyinin 40 yaşında iken bir oğlu olmuş. Bu bebek çok ama çok ağlar, annesini bezdirirmiş. Annesi bir gün bebeğini emzirmiş, altını temizleyip uyusun diye yatağına koymuş. Bebeğini yatağında bırakıp biraz dinlenmek için dışarıya çıkmış. Bu arada pencere açıkmış, bir kuş gelip bebeği kapıp götürmüş. Bebeği kapıp götüren kuş onu evlat edinmiş. Diğer yavruları ile birlikte bakıp büyütmüş. Böyle yıllar geçmiş. Bebek artık bir delikanlı olmuş. Gündüzleri kuş gibi görünür kanatlanıp uçarmış. Akşamları ise bir gölde yıkanıp insan haline dönermiş.

Ovalar beyinin de aynı yaşlarda dünya güzeli bir kızı varmış. Günlerden birinde ovalar beyinin kızı konaklarının bahçesinde oturmuş gergefine iş işleyip şarkı söylüyormuş. Konağın oralarda uçmakta olan dağlar beyinin oğlu güzel kızın sesini duyup bahçedeki bir ağaca konmuş. Genç kız bir an elindeki iğnesini işini bırakıp bahçe içerisinde gezinmeye başlamış. Delikanlı kızın iğnesini gergefini alıp uçup gitmiş. Kız ardından bakakalmış. Üzerine garip bir hal çöküp kederlenmiş. Günden güne sararıp solmuş. Ovalar beyi, kızının haline çok üzülmüş. Yanına çağırıp halinin sebebini sormuş. Kız başından geçenleri anlatıp „Baba, bana bir hamam yap, yıkanıp aklanıp derdimden kurtulayım", demiş. Ovalar beyi çok geçmeden kızının istediği hamamı yaptırmış. Her yere haber salınmış: „Duyduk duymadık demeyin, her kim ki derdi varsa gelip hamamda yıkanıp dertlerinden arınsın, kimin ki derdi yoksa hiç bu hamama uğramasın" Kız hamamda yıkanıp paklanmış, ama dertlerinden arınamamış. Hamama her yerden herkesler gelmiş, kiri olan yıkanıp paklanmış, derdi olan derdinden arınmış. Kız herkesin derdini dinlemiş, ama kendisinin derdine benzeyeni bulamamış.

Hamama birgün beyler beyinin hanımı hizmetçisi ile gelmiş. Tam ellerinde bohçaları, hamama gireceklerken bu kuş gelip ellerindeki bohçayı kapıp kaçmış. Hizmetçi kuşun peşinden koşup saklandığı yere gelmiş. Bir de ne görsün, kuş göle girip yıkanınca bir insan olup sudan çıkmış. Kılıcıyla kocaman bir kaya parçasına vurduğunda bir kapı açılmış. Kapıdan içerisi meğer küçük bir saray yavrusu imiş. Delikanlı içeri girince hizmetçi de kapı kapanmadan arkasından koşup bir köşeye saklanmış. Delikanlı gidip bir sedire çökmüş, eline bir iğneyle gergefi almış. „Ey güzel gözlüm, iğnen ipliğin burda kendin nerdesin" diyerek gözyaşı dökmüş. Hizmetçi kız hemen ovalar beyinin kızını anımsamış. Meğer kızcağızın derdi dilden dile söylenip kulaktan kulağa yayılmış. Ordan çıkıp doğruca ovalar beyinin konağına gitmek için yola koyulmuş. Az gitmiş uz gitmiş, dere tepe düz gitmiş. Bir de dönüp ardına bakmış ki meğer bir arpa boyu yol gitmiş. Çok yorulmuş. Yolda bir mandaya rastlamış. „Manda beni sırtında taşı" demiş. Manda da, "Sırtımı kaşırsan taşırım," diye cevap vermiş. Kız sırtını kaşıyınca manda onu bir dereye kadar taşımış. Dere çok derinmiş. Nasıl geçsin bilememiş. Orada ineklerini otlatan yaşlı bir kadına sormuş: „Kadın, ben bu sudan nasıl geçerim?" Kadın cevap vermiş: „Sırtımı kaşırsan söylerim." Hizmetçi kız kadının sırtını kaşımış. Kadın ona demiş ki: „Kara su akar, sarı su akar, mavi su akarsa geçersin." Hizmetçi kız beklemiş, kara su akmış, sarı su akmış, mavi su akınca dereden geçmiş. Ovalar beyinin konağına varıp kızı bulmuş. Ne görüp ne duyduysa anlatmış. Ovalar beyinin kızı, „Beni oraya götürürsen, karşılığında sana babamın yaptırdığı hamamı veririm„ demiş. Hemen yola koyulmuşlar, aynı yollardan geçip kayayı bulmuşlar. Hizmetçi kız geri dönmüş, ovalar beyinin kızı bir yerde saklanıp beklemeye başlamış.

Akşam olunca kuş gelip gölde yıkanmış, insan olup sudan çıkmış. Kayanın önüne gelip yine kılıcıyla vurunca bir kapı açılmış. Delikanlı sarayına girince kız da koşup ona yetişmiş. Delikanlı yine iğneyi gergefi eline almış. „Ey güzel gözlüm, iğnen ipliğin burda, sen nerdesin?" diyerek gözyaşı dökmüş. Kız o anda „Burdayım yiğidim." deyip yanına koşmuş, boynuna sarılmış. Delikanlı da kız da çok mutlu olmuşlar, birlikte yaşamaya başlamışlar. Delikanlı her sabah kuş olup uçuyor, akşama geri geliyormuş. Kız da sarayında tek başına onu bekliyormuş. Derken kızın karnı birgün büyümeye başlamış, hamile olduğunu anlamışlar. Kızın karnı iyice büyüyünce delikanlı, „Seni anneme götüreyim, sana en iyi o bakar", demiş. Tekrar kuş olup yavaşça önünde uçarak ona yolu göstermiş, babasının konağına getirmiş, sonra uçup gitmiş. Annesi kızı evine almış, kız „Oğlunun selamı var, beni o buraya getirdi", demiş, ama ona inanmamışlar. Yabancı zannedip alt katta merdivenin altında yatırmışlar. O gece bebek doğmuş. Bebeğin de aynı babasındaki gibi göbeğinde beni varmış. Ertesi gün olunca kuş gelip karısı ile oğlunu ziyaret etmiş, „Anne oğluma iyi bak", dedikten sonra yine uçup gitmiş. Hizmetçi, kuşun böyle konuştuğunu duyunca koşup dağlar beyinin hanımına haber vermişler.

Annesi bütün pencereleri katranla boyatmış. Katran daha kurumadan ertesi gün kuş yine uçarak geldiğinde cama yapışıp kalmış. „Anne, ne yaptın, nasıl yaşarım ben böyle", demiş. Annesi kuşun yanına gelmiş. „Oğlum gözümün nuru, şükür bizi kavuşturana, söyle bana ne yapayım, seni nasıl bu büyüden kurtarayım" demiş. Oğlan, „ Babam odun toplayıp ateş yaksın, bir kuşu da yakalayıp içine atsın, kuş arkadaşlarım öldüğümü sanıp beni aramayı bırakırlar", demiş. Annesi dediğini yapınca delikanlının üzerindeki büyü bozulmuş. Son defa gölde yıkanıp paklanıp insan haline tamamen geri dönmüş. Hem dağlar beyinin, hem de ovalar beyinin aileleri bu işe çok sevinmişler. Delikanlıya ve kıza kırk gün kırk gece süren bir düğün yapmışlar. Onlar ermiş muradına, biz çıkalım kerevetine.

4.

Tuz Kadar Sevgi / Liebe wie das Salz

Liebe wie das Salz

In früheren Zeiten gab es einen Sultan. Der Sultan hatte drei Töchter. Die Töchter wuchsen und reiften heran, aber es fiel ihrem Vater nicht ein, sie heiraten zu lassen. Die drei Schwestern sprachen untereinander:

„Unser Vater lässt uns nicht heiraten, was sollen wir denn machen, damit ihm endlich einfällt, uns heiraten zu lassen?" Die jüngste sagte:

„Los, gehen wir zum Weinberg, jede sucht eine Wassermelone entsprechend dem eigenen Befinden aus. Lasst uns sie unserem Vater schenken. Er soll sie mit seinen Wesiren zusammen essen. Vielleicht kommen sie dabei auf das Thema zu sprechen. Aber wenn nicht, was sollen wir dann machen? Dann wird unser Kummer überhandnehmen."

Sie sagten: „Na los, gehen wir!", und standen auf. Sie gingen zum Weinberg, Hand in Hand, mit schwankenden Röcken, und beim Gehen schlugen sie mit den Fersen aneinander. Sie holten drei Wassermelonen. Das älteste Mädchen nahm eine Wassermelone, deren Fruchtfleisch nicht mehr essbar war, und von der Melone der mittleren Tochter konnte man höchstens eine Scheibe nehmen. Aber die jüngste Tochter suchte eine Melone aus, die gerade genug herangereift und gut genießbar war. Als sie nach Hause zurückkamen, legte das älteste Mädchen seine Melone auf einen goldenen Teller, dazu eine goldene Gabel und ein Messer und ließ sie zum Sultan bringen. Der Sultan sagte:

„Bringt her, schauen wir mal an, was das ist?"

„Ihre älteste Tochter hat ein Geschenk geschickt."

Sie nahmen die Melone, schnitten sie mit dem Messer auf, aber sie war nicht mehr essbar.

„Werft diese Melone fort!"

Sie warfen die Melone zur Tür hinaus. Ebenso hatte die mittlere Tochter dem Vater ihre Melone geschickt. Er befahl, auch diese Melone zur Tür hinauszuwerfen. Dann schnitten sie die Melone des jüngsten Mädchens auf, und sie schmeckte gut. Sie fingen an zu essen. Der Sultan sagte:

„Oh, siehst du diese Melone, die ist gut."

Der Wesir legte dem Sultan die Hand auf den Arm: „Halt, mein Sultan, iss die Melone nicht."

„Warum denn nicht?"

„Fällt dir etwas auf an diesen Melonen?"

„Was soll das denn heißen? Die Kinder haben uns Melonen geschickt, und wir essen sie."

„Nein, nicht das."

„Sondern?"

„Sieh mal, deine älteste Tochter verpasste ihr Heiratsalter; die Zeit der mittleren ist fast vorüber. Sie kann vielleicht nur noch eine Nacht dulden. Für deine jüngste Tochter aber ist höchste Zeit zum Heiraten."

„Meine älteste Tochter soll zu mir kommen!" Sie riefen die älteste Tochter und sie kam.

„Meine Tochter, wie groß ist deine Liebe zu mir?“

„Vater, ich liebe dich mehr als alles köstliche Essen dieser Welt.“

„Ich gebe dich dem Sohn eines gewissen Wesirs zur Frau.“

Als sie fort war, rief er seine mittlere Tochter. Er stellte ihr die gleiche Frage. Als er von ihr eine ähnliche Antwort bekam, gab er sie dem Sohn eines anderen Wesirs zur Frau.

„Nun ruft meine jüngste Tochter zu mir.“

Seine jüngste Tochter kam, er stellte ihr die gleiche Frage und sie antwortete:

„Vater, ich liebe dich so wie das Salz.“

„Aha … bin ich klein und niedrig wie Salz? Bringt sie zum Haus des faulen Ahmet und lasst sie dort!“

Seit der faule Ahmet auf die Welt gekommen war, hat man ihn nur einmal auf seinen Füßen stehen. Er lag ständig im Bett. Er war inzwischen fünfundzwanzig Jahre alt; seine Mutter bettelte und bekam Almosen, mit denen sie ihn versorgte. Er aß noch nicht einmal selber, seine Mutter fütterte ihn.

Sie brachten das Mädchen in das Haus des faulen Ahmet und ließen es dort. Sie war eine Sultanstochter, sollte nun aber Trinkwasser holen und es ihm reichen, Brot backen und ihn damit füttern, und ihre Schwiegermutter musste draußen betteln und mit Almosen Essen besorgen.

Nun wollen wir von der Sultanstochter erzählen. Die Sultanstochter zog den Ring von ihrem Finger und gab ihn der alten Frau.

„Großmutter, nimm diesen Ring und bringt ihn zu einem gewissen Juwelier. Nimm, was er dafür auszahlt. Füll mit dem Geld dieses Tüchlein voll mit Proviant und kaufe noch drei Knüppel. Das Restgeld bring zurück.“

Die alte Frau ging los und tauschte den Ring für das Geld. Sie füllte das Tüchlein mit dem Proviant, kaufte noch drei Knüppel, klemmte sie sich unter die Arme und kam zurück. Die Sultanstochter kochte Wasser. Sie goss kochendes Wasser aus dem Kessel über die Knüppel, legte sie beiseite und kochte für den faulen Ahmet. Sie fütterte ihn. Sie schliefen in dieser Nacht.

Wünschen wir allen einen guten Morgen. Es wurde Morgen. Am Morgen ging die alte Frau wieder Almosen sammeln. Da Ahmet am Vorabend viel gegessen hatte, wurde er durstig:

„Sultanstochter, Schwester, gib mir Wasser zum Trinken.“

Sie brachte eine kleine Schüssel mit Wasser und stellte sie neben ihn. Ahmet rief das Mädchen:

„Komm, lass mich Wasser trinken.“

„Sind deine Augen blind, ist dein Arm gebrochen? Trink selber!“

„Schwester, es soll so sein, wie du willst, komm und lass mich das Wasser trinken.“

Zum Gefallen ließ sie ihn einmal aus ihren Händen trinken. Als er zum zweiten Mal trinken wollte, bat er noch einmal:

„Schwester, komm, hilf mir beim Trinken.“

„Steh auf und trink selber!“

„Wenn ich aufstehe, schlage ich dich," sagte er. Aber die Sultanstochter hatte seine Decke auf den Boden geworfen und ein Knüppel in die Hand genommen. Als der faule Mann sah, dass sie ihn fast tötete, eilte er durch die Tür nach draußen. Er lief hinaus, aber er war nackt.

„Schwester, gib mir meine Wäsche, dann gehe ich fort."

„Nimm zuerst das Tüchlein. Du sollst es bei dir tragen. Ich gebe dir deine Anziehsachen. Zieh sie an. Wenn du dieses Tuch bis zum Abend nicht füllst, komm nicht zurück. Dann wirst du nicht wieder durch diese Tür treten."

Sie gab ihm seine Anziehsachen. Der faule Mann zog sich an, nahm das Tüchlein mit und ging fort. Die Nachbarn, die Dorfbewohner, die jungen und alten Männer, die ihm unterwegs begegneten, schauten ihn an, als ob er ein Ungeheuer wäre. Er lief direkt zum Hafen. Dort sah er, dass ein Frachtschiff im Hafen angelegt hatte und seine Fracht entladen wurde. Die Lastträger schleppten, die Wagen transportierten. Niemand sprach ihn an: „Komm, trag diese Last, ich bezahle dir dafür einige Groschen." So stand er dort eine Weile, doch es gab keine Arbeit. Dann sah er, dass zwei Bündel an der Seite stehen gelassen wurden. Bis zum Abend war die ganze Fracht fortgetragen. Als der Feierabend anbrach, war nichts zurückgeblieben außer die zwei Paletten und ein Händler, der noch dort stand. Der Händler rief seine Männer, sie sollten einen Lastwagen heranbringen und die Waren transportieren. Der junge Mann aber näherte sich ihm:

„Mein Herr, ich trage die Waren fort."

„Schaffst du das, mein Sohn? Sie sind schwer. Komm mal her!"

Er legte das eine Paket über seine Schulter, klemmte das andere unter seinen Arm und trug sie bis vor die Tür eines Ladens. Sie öffneten die Tür des Lagers und legten die Pakete dort ab.

Der Geschäftsmann wollte, dass diese Bündel über die anderen gelegt wurden. Er hatte aber Angst, dass der junge Mann seinem Wunsch nicht zustimmte.

„Mein Sohn, kannst du vielleicht die neuen über die anderen legen?"

„Jawohl, das mache ich."

Er legte sofort die zwei Pakete über die anderen. Als sie in den Laden kamen, überlegte der Händler: „Wenn ich wenig bezahle und er sich über mich ärgert, kann er mich mit einem Schlag töten. Wenn ich viel bezahle, passt es mir nicht." Er zahlte dem Faulen einen kleinen Betrag. Ahmet ging sofort zum Markt und zur Bäckerei und befüllte das Tüchlein. Es blieb noch ein wenig Geld übrig, dieses Restgeld wickelte er auch in das Tüchlein ein und ging dann weiter seiner Haustür entgegen.

„Klopf, klopf!"

Die Sultanstochter lief eilends zur Tür. Es war die alte Frau, die vor Ahmet nach Hause gekommen war. Sie sah, dass das Haus geputzt und das Essen gekocht war, dass aber ihr Sohn nicht da war! Sogar sein Bett war gemacht:

„Meine Tochter, wo ist der Junge?"

„Nene, komm, setz dich hierher. Denk nicht an den Jungen, komm, nimm Platz."

Nach einer Weile, als Großmutter ihren Platz eingenommen hatte, wurde wieder an die Tür geklopft. Der Faulenzer trat ein. Das Mädchen nahm ihm das Tüchlein aus der Hand und legte es auf den Tisch. Sie stellte Salzwasser bereit und wusch damit Ahmet's Schultern und seine Arme und Beine gründlich. Sie ließ ihn ausruhen und deckte danach die Tafel. Sie ließ ihn essen und trinken und dann brachte sie ihn zu Bett.

Und blieb der Faulenzer am Morgen des nächsten Tages noch zuhause? Er ging zur Arbeit! Von nun an ging er jeden Tag arbeiten, um 3 bis 5 Groschen zu verdienen.

Die Sultanstochter warnte Ahmet:

„Ahmet, so geht das nicht weiter. Du sollst einen Esel und eine Axt holen. Sammle in den Bergen Holz und werde Holzhacker. Lass es endlich sein, als Lastenträger zu arbeiten."

Mit dem verdienten Geld kaufte Ahmet einen Esel und besorgte das nötige Beiwerk. Er sammelte Holz und verkaufte es mal für 3 und mal für 5 Groschen, wie das Geschäft eben so lief.

Eines Tages ging er und sammelte wieder Holz. Er bot das gesammelte Holz zum Verkauf an, aber diesmal klappte es nicht und er konnte es nicht verkaufen.

Er ging zu einem Geistlichen:

„Ahmet, mein Sohn, konntest du das Holz nicht verkaufen?"

„Nein, Hodscha, ich konnte es nicht."

„Gibst du mir das Holz?"

„Natürlich, Hodscha, ich gebe es dir."

„Gut, lass es zu mir bringen; aber anstatt mit Geld zu bezahlen, sage ich dir ein Sprichwort."

„Jawohl, Hodscha."

Ahmet brachte die Hölzer bis zur Haustür des Hodschas; er hackte es klein und trug es hinein:

„Hodscha, nun sag mir mein Wort."

„Mein Sohn, Geduld ist der Anfang des Wissens."

„Und?"

„Mein Sohn, ich habe dir gesagt, ‚Ich sage dir ein Sprichwort'."

„Jawohl!"

Ahmet ging zur Sultanstochter: „Schwester, ich konnte die Hölzer nicht verkaufen und habe sie dem Hodscha gegen ein Sprichwort überlassen."

„Was für ein Sprichwort, Ahmet?"

„Geduld ist der Anfang des Wissens."

„Vergiss dieses Wort nicht. Ahmet, dieses Sprichwort brauchst du irgendwann. Du hast zwar heute keinen Tageslohn bekommen, aber du wirst dieses Wort sicherlich noch gut gebrauchen können."

„Jawohl."

Ahmet konnte am nächsten Tag wieder kein Holz verkaufen und wieder traf er auf den Geistlichen:

„Ahmet, gib mir das Holz."

„Ich gebe es dir, mein Hodscha."

„Ahmet, du weißt aber, was es kostet, und ich habe wieder nur ein Sprichwort."

„Es ist in Ordnung, Hodscha"

Er trug das Holz bis zur Haustür des Hodschas und sagte:

„Hodscha, sag mir mein Sprichwort."

„Ahmet, vergiss es nicht: ‚Der Anfang der Geduld ist Wohlergehen'."

„Jawohl, Hodscha!"

Ahmet bekam sein Sprichwort und ging nach Hause, erzählte die Geschichte der Sultanstochter und sie sagte:

„Du sollst dieses Wort für dich behalten, es geht mich nichts an."

Ahmet konnte am nächsten Tag wieder kein Holz verkaufen, und wieder traf er diesen Geistlichen:

„Ahmet, gib mir das Holz."

„Ich gebe es dir, mein Hodscha."

Ahmet brachte die Hölzer bis zur Tür des Hodschas, und der Hodscha sagte ihm noch ein Sprichwort:

„Diejenige, die von Herzen geliebt wird, ist schön."

Von wem sollen wir noch erzählen, ja, vom faulen Ahmet. Ahmet beschäftigte sich noch eine Weile mit dem Holzgeschäft. Eines Tages aber sagte die Sultanstochter zu Ahmet:

„Du kannst deine Zeit nicht nur mit Holztragen verbringen, es kommt noch der Winter. Im Winter kannst du draußen kein Holz finden. Geh und bring mir eine Menge Mehl, damit ich für dich Proviant vorbereite. Du sollst am Berg einige Tage Holz sammeln und in einer Höhle verstecken. Im Winter findest du einen Weg, um die Hölzer herbeizutragen."

„Jawohl, Schwester, mache ich."

Ahmet schaffte eine Menge Mehl heran. Die Sultanstochter knetete einen Teig, fing an damit Fladenbrot zu backen, und der Faulenzer setzte sich hinter sie. Das Mädchen rollte den Teig aus und nahm kurz darauf die gebackenen Fladen aus dem Ofen. Währenddessen saß Ahmet hinter ihr und aß die frisch gebackenen Brote. Die eine backte, der andere aß. Als das Mädchen das letzte Fladenbrot aus dem Ofen herausnahm, sich umdrehte und hinter sich schaute, gab es dort kein einziges Brot.

„Ahmet, wo sind all die Brote hin?"

„Schwester, ich habe sie gegessen."

„Ahmet, was ist mit dir los? Was wirst du im Berg essen?"

„Schwester, anstatt meine Brote als Last auf dem Rücken zu tragen, trage ich sie lieber in meinem Bauch!"

Ahmet stand auf, legte seinem Esel den Packsattel auf, nahm seine Axt, sagte „Tschüss!" und machte sich auf den Weg zum Berg. Er fand eine große Höhle und trug die Tannen, die um die Höhle herum wuchsen, mit Ast und Wurzel herein. Er füllte die ganze Höhle damit. Am Abend lud er noch etwas Holz auf seinen Esel, ging zum Markt und verkaufte es. Als er am Abend nach Hause zurückkam, fragte ihn die Sultanstochter:

„Was hast du gemacht, Ahmet?“

„Was soll ich denn gemacht haben, Schwester? Ich habe Holz gesammelt und die Höhle damit gefüllt.“

„Gut, Ahmet.“

Ahmet beschäftigte sich weiter mit dem Holzgeschäft. Im Herbst schneite es. Er ging zum Berg, suchte und fand die Höhle, in der er das Holz versteckt hatte. Als er hineinschaute, gab es dort weder Holz noch sonst etwas anderes. Jemand hatte alles in der Höhle abbrennen lassen. Alle Hölzer, die in der Höhle lagen, waren nun Schutt und Asche.

„Mann, was soll ich jetzt tun, wie soll ich jetzt zur Sultanstochter gehen? Wenigstens will ich einen Sack mit Kohle stopfen und mitbringen.“

Er nahm eine Menge Kohle aus der Höhle und füllte damit seinen Sack. Er sammelte auch draußen noch einige Armvoll Holz und band sie an beide Seiten des Esels. Als er nach Hause kam, sagte er durch die Haustür:

„Schwester, in der Höhle ist alles verbrannt, alle Hölzer verbrannten zu Kohlen. Ich habe etwas Kohle mitgebracht.“

Die Sultanstochter durchsuchte die Kohlen sorgfältig. Was sie sah, war Lira. „Ahmet, nimm dem Esel die Last ab. Gibt es dort von diesen Kohlen noch mehr?“

„Schwester, die Höhle ist voll damit.“

„Ahmet, lass dein Holzgeschäft und vergiss es. Hör zu, lass dort kein bisschen Asche zurück, was es dort gibt, ob es Staub oder Erde ist, sollst du herbringen.“

Ahmet sammelte, was er dort fand, und brachte die Kohlen aus der Höhle mit dem ganzen Staub ins Haus. Als er sich zuhause aufhielt, hörte er eines Tages vor der Tür den Schrei eines Ausrufers:

„He, wer kann Pferde reiten und ein Schwert tragen? Es gibt einen Lohn von 500 Lira!“

Ahmet eilte sofort nach draußen:

„Was meinst du, Ausrufer!“

„Heeee, wer reitet und ein Schwert trägt … 500 Lira Lohn!“

„Wo ist denn diese Arbeit?“

„Komm, folg mir!“

Sie gehen dorthin, wo sieben Händler ihre Waren in die Nähe der Stadt gebracht haben und einen Begleiter suchen.

„Mein Sohn, reitest du gut?“

„Ja, natürlich.“ In Wirklichkeit hatte er nie Auge in Auge mit einem Pferd gestanden!

„Gut, kommst du mit uns?“

„Ich komme.“

„Mein Sohn, ich bezahle dir 500 Lira als Lohn, kommst du mit uns?“

„Natürlich komme ich mit.“

„Geh, schlaf heute in deinem Zuhause, hol deine Sachen und komm zurück. Morgen gehen wir gewiss fort.“

Als er nach Hause kam, erzählte er alles seiner Schwester und Mutter: „Ich gehe für 500 Lira Lohn." Die Sultanstochter gab ihm ein Tüchlein:

„Ahmet, dieses Tüchlein soll mit roten Scheinen gefüllt zurückgebracht werden. Dann wirst du mein und ich dein."

Ahmet nahm das Tüchlein mit und ging zu den Geschäftsleuten. Sie gaben ihm ein Schwert und zeigten ihm sein Pferd. Der Händler befahl seinen Leuten:

„Ihr steht ab sofort unter seinem Befehl, er hat die Befehlsgewalt. Wo er sagt ‚Entladen!', entladet ihr die Ware, wenn er sagt, ‚Beladen!', beladet ihr. Ihr brecht unter keinen Umständen seinen Befehl."

Die sieben Händler beluden ihre Maultiere und schickten sie fort, blieben aber selber noch eine Weile in ihren Zelten. Schließlich gingen die Reisenden eine Zeit lang und kamen zu einem Berg. Dort erstreckte sich eine weite Wiese, wie das Meer. Als Ahmet diese Wiese sah, rief er seinen Männern zu:

„He, ihr, wir verweilen hier!" Sie verweilten.

„Entladet die Maultiere hier."

„Mach das nicht, Bruder, bitte. In dieser Gegend gibt es Räuber. Wir können hier nicht übernachten. Die Räuber werden uns ausplündern und angreifen. Los, gehen wir von hier fort."

„Leute, ich sage euch ‚Entladen!', sollte euch aufgrund meiner Entscheidung etwas gestohlen werden, ersetze ich den Verlust in doppelter Menge aus eigener Tasche."

Ihre Herren hatten ihnen zu folgen befohlen, also entluden sie dort. Sechs aber zogen weiter. Dann kam der Händler, der der Besitzer der Waren war, und fragte:

„Ahmet, mein Sohn, warum hast du hier entladen?"

„Vater, was geht es euch an?"

„Mein Sohn, hier geht es zu den Räubern."

„Vater, gehe mit den anderen in das Zelt, trinkt Kaffee und vergnügt euch. Sollte euch aufgrund meiner Entscheidung etwas gestohlen werden, ersetze ich den Verlust in doppelter Menge aus eigener Tasche." Er befahl ihnen allen schlafen zu gehen. Die Geschäftsleute schliefen auch. Ahmet schlief auch. Nun will ich von den Räubern erzählen.

Die Räuber kletterten bis auf die Spitze des Berges. Der Mann ließ seine Tiere herumlaufen und schlief einfach, wie Çamlıbel des Köroğlu, der Herr der Berges ist!

„Schießen und greifen wir sie an!" Der Oberräuber aber sagte:

„Nein, wir können nicht dorthin gehen, mit diesem einsamen Pferdereiter ist nicht gut Kirschen essen. Wir sind seit vierzig Jahren in diesem Berg, hier fliegt kein Vogel, läuft kein Hyäne. Wenn er ein Gewissen hätte, würde die Karawane hier doch nicht entladen. Schaut euch besser an, wer da weiter vorne geht."

Sie griffen die sechs, die vorangegangen waren, an, plünderten alles, was es gab, und machten es kaputt. Sie stahlen die kostbaren Waren und gingen fort.

Nun wollen wir von dem Händler und von Ahmets Leuten erzählen. Am frühen Morgen beluden sie die Karawane und zogen weiter. Aber was sahen sie da? Die anderen, die vorangegangen waren, saßen mit den Händen im Schoß da und klagten. Sie fragten:

„Leute, was ist los mit euch?"

„Wir wurden angegriffen, was sagt ihr nun?"

„Niemand hat uns gestört, wir haben alle geschlafen. Sowohl unsere Ladung als auch wir waren in Sicherheit." Der Händler wandte sich Ahmet zu:

„Ahmet, mein Sohn, dein Lohn wird auf 700 Lira erhöht, und dieses Maultier, das da vorne geht und mit Seidenstoff beladen ist, gehört dir auch mit seiner Ladung."

Sie gingen weiter und die anderen sattelten auch auf, was sie noch in der Hand hatten, und gingen weiter. Die Händler kamen wieder hinterher. Als sie unterwegs waren, wurde das Wetter schlecht, es donnerte und blitzte.

Ahmet rief:

„Diener!"

„Jawohl, mein Herr!"

„Die Waren entladen!"

„Bitte, mein Herr, es geht nicht, mein Herr, wir sollten hochklettern und die Waren dort entladen. Wenn wir hier entladen, donnert und blitzt es und es wird eine Katastrophe geben! Wir werden im Chaos enden!"

„Die Waren entladen, habe ich gesagt! Ich bin dafür verantwortlich, entladen!"

Er ließ die Waren entladen. Die anderen entflohen wieder, als ob sie dem Unglück entkommen wollten. Wo Ahmet und seine Leute schliefen, regnete es nicht mal einen Tropfen. Am frühen Morgen luden sie ihre Waren wieder auf und zogen weiter. Was aber war den anderen schon wieder passiert? All ihre Waren standen unter Wasser.

Sie fragten:

„Leute, was ist los mit euch?"

„Wir sind in der Nacht ins Hochwasser geraten." Der Händler rief Ahmet:

„Ahmet, es gehört dir auch noch ein zweites Maultier, und dein Lohn erhöht sich auf 1.000 Lira."

Sie gingen weiter und näherten sich dem Stadtrand. Sie gingen nicht direkt in die Stadt hinein, sondern entluden ihre Waren am Stadtrand, wo sie auch übernachteten. Der Händler, der hinter ihnen kam, sagte zu Ahmet:

„Ahmet, mein Sohn, was machst du? Alle sind gegangen, sie verkaufen ihre Waren schon am Vorabend, unsere Waren werden dann wertlos. Am Morgen werden die Preise reduziert, wir werden unsere Waren nicht mal verkaufen können."

„Mein Herr, du sollst gemütlich auf deinem Platz bleiben. Was sie für 100 Lira verkaufen, dafür gebe ich 5 Lira aus. Bleib einfach hier."

Sie übernachteten dort. Als sie am Morgen zum Markt gingen, kamen die anderen, die am Vorabend schon zum Markt gegangen waren, aus der Stadt heraus.

„Was habt ihr gemacht, für wie viel Geld habt ihr gekauft und verkauft?"

„Je für 100 haben wir verkauft." Ahmet kam auf den Markt.

„5 Kurusch, 5 Kurusch!"

Die gesamte Ware wurde verkauft. Der Händler rief Ahmet:

„Ahmet, mein Sohn, auch das dritte Maultier gehört dir, und dein Lohn ist 1.200 Lira."

Ahmet verkaufte die Waren von den drei Maultieren, die ihm gegeben worden waren, und lud die Ware, die er kaufte, auf. Durch welche Stadt kamen sie auf dem Rückweg? Vorher waren sie über Trabzon gereist, diesmal aber machten sie die Runde durch Erzurum, dann über die Urfa, danach nach Diyarbakir. Schließlich erreichten sie eine Wüste, wo es nur einen einzigen Brunnen gab. Aus diesem Brunnen mussten sie für 7 Tage und 7 Nächte Wasser für sich und für ihre Tiere schöpfen. Sechs Händler von sieben gingen hinein, um Wasser zu holen, und blieben in dem Brunnen stecken. Dann war Ahmet an der Reihe.

„Ahmet, mein Sohn, komm zu mir." Ahmet näherte sich dem Händler.

„Was gibt es, mein Herr?"

„Mein Sohn, wir sind sieben Händler. Diese Männer sind meine Freunde, in Wirklichkeit aber sind sie die Söhne meiner Freunde. Ich war mit ihren Vätern befreundet. Bislang sind die sechs nacheinander dort hineingegangen und in dem Brunnen geblieben. Jetzt bin ich an der Reihe. Mein Sohn, jetzt werde ich hineingehen, um Wasser zu holen. Falls ich rauskomme, ist es gut, die Waren gehören mir. Falls ich nicht herauskomme, gehören meine Waren und mein ganzer Reichtum dir. Zuhause habe ich eine Tochter und eine Frau. Meine Frau ist deine Mutter, meine Tochter ist deine Schwester. Ich gehe in diesen Brunnen hinein."

„Auf keinen Fall, mein Herr. Ich gehe hinein."

„Mein Sohn, falls ich ohne dich zurückkehre, da sind deine Mutter und Schwester. Was sagen sie mir dann?"

Ahmet schrieb eine Bescheinigung und ließ die Händler und die Diener auch unterschreiben: „Ich gehe aus eigenem Willen in den Brunnen hinein. Wartet sieben Stunden, wenn ich herauskomme, ist es gut. Falls ich nicht herauskomme, wartet ihr noch sieben Tage auf mich. Falls ich immer noch nicht herauskomme, sollt ihr nach sieben Tagen wieder hierherkommen. Falls ich herauskomme, ist es gut, falls nicht, es ist mein Schicksal. Aber du sollst auf mich warten."

„Jawohl."

Sie banden ein Seil um seine Taille und ließen ihn in den Brunnen herunter. Er holte für 7 Tage Wasser und ließ es nach oben ziehen.

„Zieht an dem Seil und holt mich herauf."

In dem Augenblick, da er das Seil fasste, packte ein Araber plötzlich sein Handgelenk und brachte ihn fort. Er kam zu einem Schloss, aber was war das für eins? Gab es so ein Schloss überhaupt auf der Welt? Auf dem Diwan saßen ein junger Mann, ein Mädchen, das wie der Mondschein leuchtete, und an der Seite lag ein goldenes Tablett. In der Mitte des Tabletts lag ein grüner Frosch. Ahmet kam hinein:

„Grüßt euch."

„Grüß dich."

Der junge Mann rief das Mädchen und sagte:

„Schwester, nimm den jungen Mann mit und zeige ihm die Zimmer."

Das Mädchen nahm Ahmet mit und er ging hinter ihr her. Sie öffnete ein Zimmer. Es war voll mit Menschenköpfen, ein anderes mit Menschenbeinen und ein weiteres mit Menschenkörpern. Das Mädchen fragte:

„Wie ist dein Name?"

„Ahmet."

„Ahmet, mein Bruder wird dir eine Frage stellen. Falls du sie richtig beantwortest, rettest du dich. Dann sagt er zu dir: ‚Wünsch dir was, ich verwirkliche dir deinen Wunsch.' Und du sollst sagen: ‚Gib mir aus dem Obstgarten deines Vaters ein Bündel unberührter Granatäpfel.' Egal, was er dir sagt oder anbietet, und seien es Perlen, Schmuck, Gold oder Saphire, lehne alles ab. Sag ihm, du wirst mir einen Korb voll Granatäpfel geben."

„Jawohl."

„Falls du die Frage meines Bruders nicht beantworten kannst, wirst du auch so wie diese enden."

„Jawohl."

Ahmet kam zurück und saß dem Bruder des Mädchens gegenüber. Der junge Mann fragte Ahmet:

„Junger Mann, ich habe für dich eine Frage. Du sollst sie mir beantworten."

„Jawohl."

„Wer ist schöner, ich oder das Mädchen oder der Frosch, der auf dem Tablett liegt?"

Ahmet überlegte einen Moment, dann sprach er: „Was habe ich mit dem Hodscha besprochen, was meinte er? Der Anfang des Wissens ist Geduld. Was gilt sonst noch? Ach ja, wer dir am Herzen liegt, ist schön." Während er sprach, wurde der junge Mann wütend:

„Araber, hol mein Schwert! Was sage ich zu dir; wer ist der Schönste, entweder ich oder doch meine Schwester oder der Frosch, der auf dem Tablett liegt?"

„Ich habe keine Angst, weder vor dir noch vor dem Araber oder seinem Schwert. Ich denke noch über eine Sache nach. Du kannst mich mit deinem Gebrüll genauso wenig ängstigen wie mit dem Schwert. Stell deine Frage erneut."

„Wer ist der Schönste, entweder ich oder das Mädchen oder der Frosch, der auf dem Tablett liegt, oder der Araber?"

„Wer dir am Herzen liegt, ist am schönsten."

Der Frosch wurde nach und nach dicker und größer. Der junge Mann fragte noch einmal:

„Sag ehrlich, wer ist hier am schönsten: Ich oder das Mädchen oder der Frosch, der auf dem Tablett liegt?"

„Redet nicht so viel, wer euch am Herzen liegt, ist schön."

Der Frosch wurde noch ein bisschen dicker und größer.

„Sag ehrlich, wer ist schöner, ich oder das Mädchen oder der Frosch, der auf dem Tablett liegt?"

Während er erneut sprach: „Mein Freund, sei ruhig, wer dir am Herzen liegt, ist am schönsten", platzte der Frosch auf einmal. Der Junge nahm seine Haut weg. Da stand ein wunderschönes Mädchen, das wie das Tageslicht leuchtete, und es ähnelte weder dem anderen Mädchen noch dem jungen Mann oder dem Araber. Der junge Mann sagte zu Ahmet:

„Wünsch dir etwas von mir."

„Mein Freund, ich habe nichts von dir zu wünschen."

„Wünsch dir was, sag einen Wunsch!"

„Dies ist mein Wunsch: Ich wünsche mir einen Korb voll unberührter Granatäpfel aus dem Garten deines Vaters."

„Mein Freund, was kannst du mit Granatäpfeln anfangen, du kannst dir von mir alles Mögliche wünschen, das es auf der Welt gibt: Gold, Saphire, Perlen, was du nur willst."

„Ich will nichts anderes, ich will nur einen Korb voll unberührter Granatäpfel aus dem Garten deines Vaters."

„Steh auf, Mädchen, nimm einen Korb mit und hol aus dem Weinberg Granatäpfel. Dann kommt zurück."

Das Mädchen und Ahmet gingen zusammen zum Weinberg. Als sie den Korb mit Granatäpfeln befüllten, steckte er noch einige in die Hosentaschen. Dann gingen sie zurück zum jungen Mann. Ahmet sagte:

„Bring mich dahin zurück, wo du mich hergeholt hast." Der junge Mann rief den Araber:

„Lass ihn dort, wo du ihn herholtest."

Der Araber rief nach oben: „Hängt, hängt das rote Pferd!"

Sie ließen von oben das rote Pferd herunter. Sie zogen und holten Ahmet zurück nach oben. Er erzählte von dem ganzen Abenteuer und was er unten alles erlebt hatte. Den Korb mit den Granatäpfeln hängten sie den Maultieren über. Alle verabschiedeten sich: „Auf Wiedersehen, vergiss nicht, uns in deinem Gebet zu erwähnen. Wenn wir unversehrt bleiben, sehen wir uns hoffentlich wieder." Dann gingen sie gen Heimat.

Als Ahmet weg war, hatte die Sultanstochter die Goldstücke verkauft, die sie in der Hand hatte, und ließ ein Anwesen schöner als das Schloss ihres Vaters bauen, mit Eingang, Garten und allem Möglichen. Als Ahmet heimkehrte, kam er in seine Straße, um sein Zuhause zu finden. Was aber sah er, als er vor seiner Tür ankam? „Wir sind zum Schloss des Sultans gekommen. Sind wir in die falsche Richtung gegangen? Was haben wir getan, gehen wir noch mal zurück." Er ging noch mal über den Platz, kam erneut in die gleiche Straße und landete wieder vor denselbem Anwesen. „Wir sind wieder am falschen Ort, wir sind zum Schloss des Sultans gekommen." Er ging wieder fort.

Nun wollen wir von der Sultanstochter erzählen. Die Sultanstochter schaute durch das Fenster nach draußen. Der Faulenzer kam und ging zurück, kam noch einmal und ging wieder zurück. Die Sultanstochter rief die Zimmermädchen:

„Mädchen!"

„Bitte sehr, meine Dame."

„Der da kommt, ist Ahmet. Fangt ihn, haltet ihn fest an Armen und Beinen. Tragt und bringt ihn zu mir, ohne dass seine Füße den Boden berühren."

Die Mädchen liefen Hand in Hand, mit wehenden Röcken und beim Gehen mit den Fersen aneinanderschlagend, hinunter. Im gleichen Augenblick fingen sie Ahmet. Er konnte noch nicht einmal fragen: „Mädchen, haltet ein, was ist mit euch los?" Schon standen sie vor der Sultanstochter.

„Ahmet, was ist mit dir los?"

„Schwester, ich war verblüfft und ich konnte nicht hereinkommen."

„Ahmet, warum konntest du nicht hereinkommen?"

„Schwester, als ich fortging, gab es keinen Wohlstand und kein Haus, das einem Schloss ähnelte."

„Komm mal her." Ahmet nahm aus seiner Hosentasche die Granatäpfel heraus und reichte sie der Sultanstochter. Sie stellten auch den Korb in die Mitte des Zimmers.

Als die Sultanstochter die Granatäpfel sah, schimpfte sie mit den Mädchen:

„Mädchen, geht alle auf euren Platz!" Sie gingen zurück in ihre Zimmer.

„Ahmet, wo hast du die denn gefunden?"

„Schwester, davon gibt es einen Korb voll."

Die Sultanstochter öffnete den Korb, und was sollte sie sehen? Er war voll mit Granatäpfeln. Diese waren in Wirklichkeit verzaubert und ihre Samen sehr wertvolle Edelsteine.

„Steh auf, Ahmet, und steh nicht still. Du sollst alle Wesire des Sultans hierher einladen. Du sollst den Sultan einladen. Er soll dir sagen, an welchem Tag und zu welcher Uhrzeit er kommt."

„Jawohl."

Ahmet ging zum Sultan und begrüßte ihn überaus förmlich:

„Was ist denn, Ahmet?"

„Mein Verehrter, ich lade Euch ein. Ihr sollt zum Schloss kommen, mit all Euren Wesiren. Ihr sollt sagen, an welchem Tag und zu welcher Uhrzeit Ihr kommt."

„Geh, Ahmet, ich komme am Donnerstag gegen 12 Uhr."

„Jawohl." Der Faulenzer lief nach Hause und erzählte es der Sultanstochter: „Er kommt am Donnerstag gegen 12 Uhr."

Die Sultanstochter fing mit den Vorbereitungen an. Sie beauftragte die Köche, bestellte Fleisch von der Fleischerei, machte alle Vorbereitungen. Der Sultan kam pünktlich zum Anwesen, er wurde beherbergt und auch den Wesiren wurde Platz gegeben. Es wurden Vorhänge aufgehängt, wo der Sultan seinen Platz einnahm, und seine Tochter saß hinter dem Vorhang. Aus dem Hintergrund reichte sie ihm die Speisen, und Ahmet brachte sie zur Tafel. Das Mädchen hatte die eine Speise gesalzen, die andere aber ungesalzen gelassen. Zuerst servierte sie die salzige Speise. Der Sultan aß das Gericht mit seinen Wesiren zusammen. Als das zweite Gericht serviert wurde, konnte der Sultan nicht mal einen Mundvoll davon essen. Er schob das Gericht zur Seite. Dann servierten sie wieder ein salziges Gericht und der Sultan fing wieder an, davon zu essen:

„Wahrlich, der Geschmack der Erde ist das Salz." Kaum hatte der Sultan das gesagt, schob das Mädchen den Vorhang auf und stellte sich vor den Vater.

„Vater, als ich gesagt habe, ‚Ich liebe dich so wie das Salz', hast du mich zu diesem faulen Mann gegeben, damit ich betteln gehe und von Almosen lebe. Aber, bei Allah, sieh mal, was aus dem Faulenzer geworden ist. Er hat ein schönes Anwesen mit einem schöneren Wasserbecken als deins gebaut, und er hat einen schöneren Weinberg als du. Bis er alles geschafft hat, ist er wie mein Bruder geblieben und ich wie seine Schwester. Wir leben immer noch wie Geschwister. Du schließt hier und jetzt unsere Ehe." Als sie das gesagt hatte, verschwand die Sultanstochter wieder hinter dem Vorhang. Der Sultan aber nahm die Trauung von Ahmet und seiner Tochter vor.

Sie aßen, tranken und gingen unter die Erde. Sie leiden dort, und wir vergnügen uns hier. Drei Äpfel fielen vom Himmel – zwei für die Zuhörer und einer für den Erzähler. Unser Meister heißt Hidir, und dies war unser Bestes.

Tuz Kadar Sevgi Masalı

Bir zamanlar bir padişah varmış. Bu padişahın üç kızı varmış. Bu kızlar büyüyüp kemale ermişler, ama babalarının aklına kızlarını evlendirmek gelmezmiş. Üç kızkardeş aralarında sohbet ediyorlarmış:

„Babamız bizi evlendirmeyecek, ne yapalım da babamız artık bizi evlendirmeye niyetlensin?" Küçük olanı demiş ki:

„Hadi bağa gidelim, herkes kendini ifade edebilecek şekilde bir karpuz seçsin. Babamıza ikram edelim. O da vezirleri ile beraber yesin. Belki de bu konu hakkında konuşmaya başlarlar. Yok değilse, daha elimizden ne gelir? Çekecek olduğumuz çile bu."

„Haydi bakalım!" deyip kalkmışlar. El ele tutuşup eteklerini savura savura, yürürken topuklarını şaklata şaklata bağa gitmişler. Üç tane karpuz almışlar. Büyük kız artık yenilmeyecek derecede olgunlaşmış bir karpuz seçmiş, ortancasının seçtiğinden ise en fazla bir dilim yenilir gibi imiş. Fakat küçük kızın karpuzu yeterince olgunlaşmış ve tam yenecek lezzete ulaşmış. Eve döndüklerinde büyük kız karpuzunu altın bir tabağa yerleştirmiş, yanına da bir çatal ve bir bıçak koyup padişaha yollamış. Padişah demiş ki:

„Getirin buraya, neymiş bir bakalım."

„Büyük kızınız bir hediye yolladı."

Karpuzu alıp bıçak yardımıyla ortasından kesmiş, fakat yenilecek durumda değilmiş.

„Atın bu karpuzu!"

Karpuzu kapının dışına atmışlar. Aynı şekilde ortanca kız da karpuzunu babasına yollamış. Bu karpuzu da kapıdan dışarı atmaları emrini vermiş. Sonra küçük kızın karpuzunu kesmişler, tadı güzelmiş. Yemeye başlamışlar. Padişah demiş ki:

„Oh, gördün mü karpuzun iyisini."

Vezir eliyle padişahın kolunu tutmuş: „Dur padişahım, yeme karpuzu."

„O niye?"

„Bu karpuzlar sana bir şey ifade ediyor mu?"

„Ne demek şimdi bu? Çocuklar karpuz yollamış, biz de yiyoruz."

„Hayır, öyle değil."

„Ne peki?"

„Bak, büyük kızın evlilik yaşını geçmiş. ortanca da neredeyse geçirmek üzere. Hadi belki bir gece daha dayanır. Fakat küçük kızın tam evlilik çağında."

„Büyük kızım yanıma gelsin." Büyük kızı çağırmışlar, gelmiş:

„Kızım, sen beni ne kadar seviyorsun?"

„Baba, ben seni bu dünyanın en lezzetli yemeklerinden daha çok seviyorum."

„Seni filanca vezirin oğlu ile evlendiriyorum."

O gittikten sonra ortanca kızını çağırmış. Ona da aynı soruyu sormuş. Benzer bir cevap alınca, onu da başka bir vezirin oğlu ile evlendirmiş.

„Şimdi de küçük kızımı yanıma çağırın."

Küçük kızı gelmiş, ona da aynı soruyu sormuş, kız cevap vermiş:

„Baba, ben seni tuz kadar seviyorum."

„Bak sen, demek ben tuz kadar basit ve değersizim öyle mi? Alın bunu, tembel Ahmet'in evine götürüp orada bırakın!"

Tembel Ahmet dünyaya geldikten sonra, ne zaman ki bir tay anasından doğar da ilk adımını atar, işte o zaman yürüdüğü görülmüş. Sürekli yatarmış. Bu arada yirmibeş yaşına gelmiş; anası dilenir, aldığı sadakalarla oğluna bakarmış. Yemeğini bile kendisi yemez, anasının elinden yermiş.

Kızı tembel Ahmet'in evine götürüp orada bırakmışlar. Bir padişah kızı iken suyunu getirip içirmesi, ekmek pişirip eliyle beslemesi gerekiyormuş, kayınvalidesi de dışarıda dilenip kendisine verilen sadakalarla yemek ihtiyacını karşılamak zorunda imiş.

Şimdi padişahın kızından söz edelim. Padişahın kızı parmağındaki yüzüğü çıkarıp yaşlı kadına vermiş.

„Nene, al bu yüzüğü filanca kuyumcuya götür. Karşılığında ne verirse al. O parayla şu mendili erzakla doldur, üç tane de çubuk satın al. Paranın üstünü de geri getir."

Nene gitmiş, yüzüğü bozdurup karşılığında ödenen parayı almış. Mendili erzakla doldurmuş, üç de çubuk satın almış, koltuğunun altına sıkıştırıp geri dönmüş. Padişahın kızı su kaynatmış. Kazandaki suyu çubukların üzerine dökmüş, tembel Ahmet'in yemeğini pişirmiş. Onu doyurmuş. O gece uyumuşlar.

Herkese hayırlı sabahlar dileriz. Sabah olmuş. Yaşlı kadın yine sabah erkenden dilenmeye çıkmış. Ahmet bir gün öncesinden fazlaca yediği için susamış:

„Sultan kız, bacı, su ver de içeyim."

Kız ona bir tas su getirip yanına bırakmış. Ahmet kızı çağırmış:

„Gel de bana su içiriver."

„Gözün mü görmüyor, kolun mu kırık? Kendin iç!"

„Bacı, nasıl istiyorsan öyle olsun, ama gel de bana suyu içir."

Hatır için bir kere elleriyle ona su içirmiş. İkinci defa su istediğinde tekrar rica etmiş:

„Bacı, gel yardım et de su içeyim."

„Kalk, kendin iç!"

„Yerimden kalkarsam döverim seni," demiş. Ama sultan kız üzerindeki örtüyü çekmiş, eline de çubuğu almış. Tembel bakmış ki, kız neredeyse onu öldürecek, telaşla kapıdan dışarıya atmış kendini. Dışarıya koşmuş koşmasına da, çıplakmış.

„Bacı, çamaşırlarımı ver bana, ondan sonra gideyim."

„Sen önce al şu mendili. Bunu yanında taşıyacaksın. Sana kıyafetlerini vereceğim. Giyin. Eğer ki bu mendili akşama kadar erzakla dolduramazsan, geri gelme. Bir daha bu kapıdan giremezsin."

Ona kıyafetlerini vermiş. Tembel üstünü giyinmiş, mendili de yanına alıp gitmiş. Komşular, köylüler, genci yaşlısıyla yolda kimle karşılaşmışsa, hepsi ona sanki bir canavar görmüş gibi bakıyormuş. Doğruca limana gitmiş. Orada bir yük gemisinin limana yaklaştığını ve yükünün boşaltıldığını görmüş. Hamallar, yük arabaları yüklenmiş taşıyorlar. Bir Allah'ın kulu çıkıp dememiş ki, „Gel, sen de şu yükü üç beş kuruşa taşı." Bir zaman orada durmuş, ama kimsenin ona iş verdiği yok. Sonra bir bakmış, bir kenara iki palet mal bırakılmış. Akşama kadar yük gemisinin tüm malları taşınmış. Paydos vakti geldiğinde o iki palet maldan ve bir tüccardan başkası kalmamış. Tüccar yük arabasını getirip malı yüklemeleri için adamlarına seslenmiş. Genç adam tüccara doğru gitmiş:

„Beyim, malları ben taşırım."

„Yapabilir misin oğlum? Ağır bunlar. Gel bakalım buraya!"

Dengin birini bir omzuna yüklemiş, diğerini de koltuğunun altına alıp dükkanın kapısına kadar taşımış. Deponun kapısını açıp malları oraya bırakmışlar.

Tüccar yüklerin diğerlerinin üzerine yerleştirilmesini arzu ediyormuş, ama delikanlıya söylemeye çekinmiş.

„Oğlum acaba yeni gelenleri diğerlerinin üzerine yerleştirebilir misin?"

„Emrin olur, yaparım."

Hemen iki dengi de diğerlerinin üzerine koymuş. Dükkana geri geldiklerinde tüccar içinden geçirmeye başlamış: „Şimdi ben az para versem sinirlenip bir vuruşta beni öldürür. Çok versem de benim işime gelmez." Tembele ufak bir miktar ödeme yapmış. Ahmet doğruca pazara ve fırına gidip medili erzakla doldurmuş. Az bir para artmış, paranın üstünü de medilin ucuna düğümlemiş, oradan da evine yollanmış.

„Tak tak!"

Sultan kız hemen kapıya yönelmiş. Gelen yaşlı kadınmış, meğer Ahmet'ten önce eve gelmiş. Bakmış ev temizlenmiş, yemek yapılmış, ama oğlu görünürde yok! Yatağı bile kaldırılmış:

„Kızım, oğlan nerede?"

„Nene, sana da şimdi çubukları göstermeyeyim, gel otur buraya. Oğlanı düşünüp durma, geç yerine."

Nene yerine geçip oturduktan bir süre sonra yine kapı çalınmış. Tembel girmiş içeri. Kız elinden mendili almış, masanın üzerine koymuş. Tuzlu su hazırlayıp bununla Ahmet'in omuzlarını, kollarını, bacaklarını temizce yıkamış. O dinlenirken sofrayı kurmuş. Yedirip içirip yatırmış.

Sabah olunca daha tembel evde durur mu? Çalışmaya gitmiş! O günden sonra hergün çalışıp üç beş kuruş kazanmaya başlamış. Bir gün sultan kız Ahmet'i uyarmış:

„Ahmet, bu böyle sürüp gitmez. Bir eşekle bir balta edin. Dağda odun toplamaya git, oduncu ol. Artık hamallık yapmayı bırak."

Ahmet kazandığı parayla bir eşek ve gerekli alet edevatları satın almış. Odun toplayıp her seferinde üç beş kuruşa satıyormuş.

Bir gün yine gidip odun toplamış. Topladığı odunları satmaya çalışmış, ama bu sefer işler yolunda gitmemiş ve satamamış.

Bir hocaya rastlamış:

„Ahmet oğlum, odunları satamadın mı?"

„Yok hoca, satamadım."

„Odunları bana verir misin?"

„Tabii ki hocam, veririm."

„İyi o zaman, bize götür, ama karşılığında sana para yerine bir söz vereceğim."

„Tamam hocam."

Ahmet odunları hocanın evinin önüne kadar taşımış, ufak parçalara doğramış ve içeri taşımış:

„Hocam, şimdi sözümü ver."

„Oğlum, ilmin başı sabırdır."

„Ee?"

Oğlum, ben sana dedim ki, ‚Sana bir söz vereceğim'"

„Tamam."

Ahmet sultan kızın yanına gider: „Bacı, odunları satamadım, hocaya bir söz karşılığında verdim."

„Ne sözü Ahmet?"

‚İlmin başı sabırdır."

„Ahmet, bu söz kulağına küpe olsun, bir gün bu söze ihtiyaç duyabilirsin. Bugün yevmiyeni çıkaramadın, ama bu söz kesin bir gün işine yarayacak."

„Tamam."

Ahmet ertesi gün yine odun satamamış, tekrar hocayla karşılaşmış:

„Ahmet, odunları bana ver."

„Veririm hocam."

„Ahmet, biliyorsun karşılğında sana sadece bir sözüm var."

„Sorun değil, hocam."

„Ahmet şunu unutma: ‚Sabrın sonu selamettir.'"

„Tamam hocam!"

Ahmet sözünü aldıktan sonra eve yollanmış, başından geçenleri sultan kıza anlatmış, kız demiş ki:

„Bu sözü aklından çıkarma, bana göre bir şey yok."

Ahmet ertesi gün yine odun satamamış, tekrar hocayla karşılaşmış:

„Ahmet, odunları bana ver."

„Veririm hocam."

„Ahmet odunları hocanın kapısına bırakmış, hoca yine karşılığında bir atasözü söylemiş:

„Gönül kimi severse güzel odur."

Haberi kimden verelim, tabii ki tembel Ahmet'ten. Ahmet odun ticareti ile bir zaman meşgul olmaya devam etmiş. Günlerden bir gün sultan kız Ahmet'e demiş ki:

„Bütün zamanını odun taşıyarak geçiremezsin, bunun kışı da var. Kışın daha dışarıda odun bulamazsın. Git bana bir kap un getir, sana azık yapayım. Dağa gidip odun toplamalı, bir mağaraya saklamalısın. Kışın bir yolunu bulur, odunları getirirsin."

„Tamam bacı, yaparım."

Ahmet bir kap un kapıp getirmiş. Sultan kız ekmek yapmak için hamur yoğurmaya başlamış, tembel de arkasında. Kız bir yandan hamur açıp, diğer yandan pişen ekmekleri tandırdan alıyormuş. Bu arada kızın arkasında oturan Ahmet taze pişmiş ekmekleri yemeye başlamış. Biri pişiriyor, biri yiyor. Kız sonuncu ekmeği tandırdan alıp bir arkasına dönmüş ki ne görsün, bir tanecik bile ekmek görünürde yokmuş.

„Ahmet ne oldu ekmeklere?"

„Bacı, hepsini yedim."

„Ahmet sen iyi misin? Dağa gidince ne yiyeceksin?"

„Bacı, ekmekleri sırtımda taşımaktansa karnımda taşımayı yeğlerim!"

Ahmet kalkmış, eşeğine semerini yüklemiş, baltasını almış, „Hoşçakal!" deyip dağa gitmek üzere yola çıkmış. Orada bir mağara bulmuş, etrafta yetişen çam ağaçlarını dalıyla köküyle toplamış. Koca mağarayı bunlarla doldurmuş. Akşama eşeğine bir miktar daha odun yüklemiş, pazara götürüp satmış. Akşam eve döndüğünde sultan kız sormuş:

„Ne yaptın Ahmet?"

„Ne yapayım bacı? Odun toplayıp mağarayı doldurdum."

„İyi, Ahmet."

Ahmet bir zaman daha odun işiyle uğraşmaya devam etmiş. Sonbaharda kar yağmış. Dağa, odunları sakladığı mağarayı bulmaya gitmiş. Bir bakmış ki, görünürde ne odun ne de başka bir şey var. Meğer biri mağarada ateş yakıp yangın çıkarmış. Mağaradaki bütün odunlar yanıp kül olmuş:

„Ula, ben ne yaparım şimdi, hangi yüzle sultan kıza giderim? Hiç değilse şu kömürlerden bir çuvala doldurup götüreyim."

Mağaradan bir miktar kömür alıp çuvalına doldurmuş. Dışarıdan da bir kucak dolusu odun toplamış, eşeğinin iki yanına bağlamış. Eve geldiğinde kapı ağzından demiş ki:

„Bacı, mağarada ne var ne yok, hepsi yanmış, bütün odunlar kömüre dönmüş. Birkaç kömür aldım getirdim."

Sultan kız kömürleri dikkatlice gözden geçirmiş ki ne görsün, hepsi de Lira imiş. „Ahmet orada ne varsa eşeğe yükle getir. Bu kömürlerden orada daha var mı?"

„Bacı, mağara hep bunlarla dolu."

„Ahmet, bırak odun işini, unut gitsin. Dinle, orada bir kül bile bırakma, toz toprak ne varsa topla getir."

Ahmet ne bulduysa tarlamış, toplamış, mağaradaki bütün kömürleri toz toprak demeden eve taşımış. Günlerden bir gün evde iken kapının önünden geçen bir tellalın seslendiğini duymuş:

„Hey, kimler ata binip kılıç kuşanabilir? 500 Lira aylık var!"

Ahmet hemen dışarıya seğirtmiş:

„Ne diyorsun tellal?"

„Heeey, ata binen kılıç kuşanan.... 500 Lira aylık!"

„Nerede bu iş?"

„Gel peşimden!"

Yedi tane tüccar mallarını şehrin yakınlarına yıkmışlar, kendilerine yardımcı arıyorlarmış, oraya gitmişler.

„Oğlum, iyi at sürer misin?“

„Evet, tabii ki.“ İşin doğrusu bir at yüzü bile görmemiş!

„İyi, geliyor musun bizimle?“

„Geliyorum.“

„Oğlum, sana 500 Lira aylık veririm, geliyor musun bizimle?“

„Tabii ki geliyorum.“

„Git, bugün kendi evinde yat uyu, eşyalarını al gel. Yarın filanca saatte yola çıkarız.“

Eve geldiğinde bacısıyla anasına olan biteni anlatmış: „500 Lira aylıkla gidiyorum.“ Sultan kız ona bir mendil vermiş:

„Ahmet, bu mendil kırmızı Lira'lar ile dolup gelecek. Ondan sonra sen benim, ben de senin oluruz.“

Ahmet mendili almış, tüccarların yanına gitmiş. Ona bir kılıç verip atını göstermişler. Tüccar adamlarına buyruk vermiş:

„Şu andan itibaren onun emri altındasınız, karar yetkisi onda. ‚İndirin!‘ dediği yerde malları indirecek, ‚Yükleyin!‘ dediği yerde yükleyeceksiniz. Hiç bir şart altında onun emrinden çıkmayacaksınız.“

Yedi bezirgan katırlarını yükleyip yola çıkarmışlar, fakat kendileri bir süre daha çadırlarında kalmışlar. Yolcular bir zaman gittikten sonra bir dağın kenarına varmışlar. Çayır çimen derya deniz gibiymiş. Ahmet çayırı görünce adamlarına seslenmiş:

„Hey, burada kalalım.“ Orada kalmışlar.

„Katırların yüklerini indirin.“

„Yapma kardeş, lütfen. Buralar haramilerin yeridir. Burada geceleyemeyiz. Haramiler bizi soyup soğana çevirirler. Hadi buradan uzaklaşalım.“

„Ben size malları indirin diyorum, eğer bizden bir iğne giderse, ben yerine bir çuvaldız koyacağım.“

Ağaları zaten onlara ne dediyse yapmaları emrini vermiş. Orada malları indirmişler. Diğer altısı yola devam etmiş. Malların sahibi olan bezirgan gelince sormuş:

„Ahmet, oğlum, niye buraya indirdin malları?“

„Baba, neyinize gerek?“

„Oğlum burada haramiler var.“

„Baba, gidin çadıra oturun, kahve içip keyfinize bakın. Eğer sabah bir iğneniz eksilmişse, karşılığında ben bir çuvaldız ödeyeceğim.“

Herkese gidip yatmaları emrini vermiş. Bezirganlar da yatmışlar. Ahmet de uyumuş. Biz haramilerden bahsedelim.

Haramiler dağın başına çıkmışlar. Adam sanki Çamlıbel'in Köroğlu'su, hayvanlarını salmış ortaya, gidip uyumuş. „Ateş edip saldıralım.“ Haramilerin başı ise şöyle demiş:

„Yok, oraya gidemeyiz, bu tek atlı tekin değil. Kırk yıldır bu dağdayız, burada ne kuş uçar, ne kulan yürür. Bir güvencesi olmasa adam kervanını buraya yıkmazdı. Şu önden gidenlere bir baksanıza.“

Önden giden altısına saldırmışlar, ne var ne yok talan etmişler. Yükte hafif pahada ağır olan eşyaları alıp gitmişler.

Haberi kimden verelim, beriki bezirgandan ve Ahmet'in adamlarından. Sabah erken kervanı yükleyip yola devam etmişler. Ama ne görsünler? Önden giden diğerleri, oturmuşlar, elleri böğürlerinde, söylenip duruyorlar. Sormuşlar:

„Arkadaşlar, ne oldu size?"

„Biz saldırıya uğradık, siz ne anlatıyorsunuz?"

„Bize bir çıt diyen çıkmadı, hepimiz uyuduk. Mallarımız da biz de güvende idik." Bezirgan Ahmet'e dönmüş:

„Ahmet oğlum, aylığın 700 Lira, önden giden ipek yüklü katır da senin."

Onlar yola devam etmiş, diğerleri de ellerinde kalan malları yüklenip yola çıkmış. Bezirganlar arkadan geliyorlarmış. Yolda hava kötüleşmiş, gök gürlüyor, yıldırım çarpıyormuş.

Ahmet seslenmiş:

„Hizmetkarlar!"

„Buyur beyim!"

„Malları indirin!"

„Aman beyim, olmaz beyim, yüksek bir yere tırmanıp malları orada yıkalım. Buraya yıkarsak gök gürlüyor, şimşek çakıyor, fırtına kopacak, felaketin ortasına düşeceğiz."

„Malları yıkın dedim size. Bütün sorumluluk bende, yıkın!"

Malları oracığa yıktırmış. Diğerleri yine sanki uğursuzluktan kurtulabilecekmişler gibi kaçıp gitmişler. Ahmet ve adamlarının uyudukları yere bir damla yağmur düşmemiş; sabah erkenden mallarını yükleyip yola çıkmışlar. Diğerlerinin başına ne mi gelmiş? Bütün malları sel altında kalmış.

Sormuşlar:

„Arkadaşlar, ne oldu size?"

„Gece durduğumuz yeri sel götürdü." Bezirgan Ahmet'i çağırmış:

„Ahmet, ikinci katır da senin, maaşın da 1000 Lira'ya çıktı."

Yola devam edip şehrin kenarına yaklaşmışlar. Doğruca içine girmektense malları şehrin kenarına yıkmışlar, hem de orada gecelemişler. Geriden gelen bezirgan Ahmet'e demiş ki:

„Ahmet oğlum ne yapıyorsun? Herkes gitti, mallarını akşamdan satacaklar, bizim malların değeri kalmayacak. Yarın fiyatlar indirime gidince mallarımızı satamayız bile."

„Beyim, sen yerine otur keyfine bak. Onların 100 Lira'ya sattığını ben 5 Lira'ya vereceğim. Sen kal burada."

Orada gecelemişler. Sabah şehrin kenarında pazara gitmek üzere yola çıktıklarında, akşamdan mallarını satmak için gidenler geri dönüyorlarmış.

„Ne yaptınız, kaça aldınız, kaça sattınız?"

„Yüzer Lira'ya sattık."

„5 Kuruş, 5 Kuruş!"

Bütün mallar satılmış. Bezirgan Ahmet'i çağırmış:

„Ahmet oğlum, üçüncü katır da senin, aylığın da oldu 1200 Lira."

Ahmet üç katırın taşıdığı malları satmış, kendi aldıklarını yüklemiş. Dönüş yolunda hangi şehirlerden geçtiler? Gidişte Trabzon üzerinden yol almışlar, ama dönüşte Erzurum, ardından Urfa, sonra da Diyarbakır dolaylarından gideceklermiş. Gide gide bir çöle varmışlar, orda bir tane su kuyusu varmış. Bu kuyudan 7 gün 7 gece hem kendileri hem de hayvanları için su çekmeleri gerekiyormuş. Daha önceleri yedi bezirgandan altısı su almak için kuyuya inmişler ve içinde kalmışlar. Sıra Ahmet'e gelmiş.

„Ahmet oğlum, gel yanıma." Ahmet bezirganın yanına gitmiş.

„Buyur, beyim."

„Oğlum, biz yedi bezirganız. Bu adamlar benim arkadaşlarım, ama hakikatte arkadaşlarımın oğullarıdırlar. Ben babaları ile arkadaş idim. Bu zamana kadar altısı peşpeşe kuyuya girip içinde kaldılar. Şimdi sıra bende. Oğlum, ben şimdi su almak için kuyuya ineceğim. Eğer buradan çıkarsam iyi, mallar bana aittir. Şayet çıkamazsam tüm malım mülküm senindir. Evde bir kızım ve karım var. Karım senin annen, kızım da kızkardeşin yerinedir. Ben kuyuya iniyorum."

„Kesinlikle olmaz beyim, ben ineceğim."

„Oğlum, eğer içinden çıkamazsan, geride anan bacın var. Sonra ne derler bana?"

Ahmet bir senet yazıp bezirgana ve hizmetkarlarına imzalatmış: „Ben kendi rızamla kuyuya iniyorum. Beni yedi saat süresince bekleyin, dışarı çıkabilirsem iyi. Şayet çıkamazsam beni yedi gün daha bekleyin. Şayet hala çıkamamışsam, yedi gün sonra buraya tekrar gelin. Eğer ki çikabilmişsem iyi, çıkamamışsam kanım sana helal olsun. Fakat beni beklemek zorundasın."

„Peki."

Beline halatı bağlamışlar ve kuyudan aşağı sarkıtmışlar. Yedi günlük suyu almış yukarı getirmiş:

„Halatı çekip beni yukarı alın."

Tam halata tutunduğunda bir arap gelmiş onu bileğinden yakalayıp götürmüş. Bir saraya gelmiş, ama ne saray? Dünyada bu sarayın eşi benzeri var mıdır? Divanın üzerinde genç bir adam oturuyormuş, yanında ay parçası gibi parıldayan bir kız varmış, yan tarafta da altından bir sini ve sininin ortasında da bir kurbağa duruyormuş. Ahmet içeri girmiş:

„Merhaba."

„Merhaba."

Delikanlı kızı çağırıp demiş ki:

„Bacım, al bu delikanlıyı, odaları gezdir."

Kız Ahmet'i yanına almış, Ahmet onu takip etmiş. Kız odalardan birinin kapısını açmış. Birinin içi insan kafaları ile, diğeri insan bacakları, bir başkası da insan bedenleri ile doluymuş. Kız sormuş:

„Senin adın ne?"

„Ahmet."

„Ahmet, abim sana bir soru soracak. Eğer doğru cevabı bilirsen, kendini kurtarırsın. Sonra sana şöyle diyecek: ‚Dile benden ne dilersen.' Sen de diyeceksin ki: ‚Bana babanın meyve bahçesinden bir sepet el sürülmemiş nar ver.' Sana başka ne teklif ederse etsin, ister inci, mücevher, altın veya safir, ne olursa olsun, kabul etme.

Ona de ki, bana babanın bahçesinden bir sepet dolusu nar ver."

„Peki."

„Şayet abimin sorusuna doğru cevap veremezsen, senin sonun da buradakiler gibi olur."

„Peki."

Ahmet geri döndüğünde kızın abisinin karşısına oturmuş. Delikanlı Ahmet'e sormuş:

„Delikanlı, sana bir sorum var. Bana bir cevap vermen gerekiyor."

„Peki."

„Kim daha güzel, ben mi, bu kız mı, yoksa sininin üzerinde duran kurbağa mı?"

Ahmet bir an düşündükten sonra konuşmaya başlamış: „Ne konuşmuştuk hoca ile, ne demişti? İlmin başı sabırdır. Arada bir de ne vardı, selamet, gönül kimi severse güzel odur." O böyle konuşurken delikanlı öfkelenmiş:

„Arap, getir benim kılıcımı! Ne dedim ben sana; kim daha güzel, ben mi, yoksa kızkardeşim mi ya da sininin üzerindeki kurbağa mı?"

„Ne senden, ne araptan ne de senin kılıcından korkmuyorum. Bir şey düşünüyorum. Kılıcınla korkutamadığın gibi, böyle bağırarak da beni korkutamazsın. Sorunu tekrar et."

„En güzel hangisi, ben mi, kız mı yoksa sininin üzerindeki kurabağı veya arap mı?"

„Gönül kimi severse o en güzelidir."

Kurbağa gittikçe şişip büyümüş. Delikanlı tekrar sormuş:

„Doğru söyle, en güzel kim: Ben mi, kız mı, yoksa sininin üzerinde duran kurbağa mı?"

„Çok konuşma, gönül kimi severse güzel odur."

Kurbağa biraz daha şişip büyümüş.

„Doğru söyle, kim daha güzel, ben mi, kız mı, yoksa sininin üzerindeki kurbağa mı?"

„Arkadaş, sakin ol, gönül kimi severse güzel odur", demesine kalmadan, kurbağa bir anda patlayıvermiş. Delikanlı üzerindeki deriyi kaldırmış. Dünya güzeli bir kız ortaya çıkmış, gün ışığı gibi ışık saçan bu kız ne delikanlıya, ne kıza, ne de araba benziyormuş. Delikanlı Ahmet'e demiş ki:

„Dile benden ne dilersen."

„Arkadaşım, benim senden dileyecek bir şeyim yok."

„Birşey dile, dileğini söyle!"

„Dileğim şudur: Babanın bahçesinden bir sepet dolusu el değmemiş nar isterim."

„Arkadaşım, ne yapacaksın bu narları, benden dünya üzerinde ne varsa hepsinden isteyebilirsin: Altın, safir, inciler, ne istersen."

„Başka hiçbir şeyi istemem, sadece babanın bahçesinden bir sepet dolusu el değmemiş nar isterim."

„Kalk kız, yanına bir sepet al, bağdan nar topla. Sonra da geri gelin."

Kızla Ahmet birlikte meyva bahçesine gitmişler. Kız sepeti nar ile doldururken, Ahmet de birkaç tanesini pantolonunun ceplerine tıkıştırmış. Sonra birlikte delikanlının yanına dönmüşler. Ahmet demiş ki:

„Beni aldığın yere geri götür." Delikanlı arabı çağırmış:

„Onu aldığın yere geri bırak."

Arap yukarı seslenmiş: „Asın, al atı asın!"

„Yukardakiler al atı aşağı sarkıtmışlar. Ahmet'i çekip yukarı almışlar. Bütün macerayı, aşağıda başından geçen herşeyi anlatmış. Nar dolu sepeti de katırlardan birine yüklemişler. Herkes birbiri ile vedalaşmış: „Hoşçakalın, bizi dualarınızda anmayı unutmayın. İnşallah, sağ kalırsak tekrar görüşürüz." Sonra kendi memleketlerine dönmüşler.

Ahmet gittikten sonra sultan kız kendi altınlarını bozdurmuş, babasının sarayından çok daha güzel bir konak yaptırmış, girişi, bahçesi, herşeyi ile. Ahmet eve dönüş yolunda biraz oyalanmış. Kendi sokağına evinin olması gereken yere gelmiş. Ama kapıya geldiğinde bir de ne görsün? „Biz padişahın sarayına geldik, yanlış yola mı girdik? Ne yaptık, hele bir geri dönelim." Tekrar meydan yerine dönmüş, aynı sokağa girmiş ve aynı sarayın önüne gelmiş. „Yine yanlış yere, sultanın sarayına geldik." Gene gitmiş.

Şimdi sultan kızdan haber verelim. Sultan kız o ara pencereden dışarı bakıyormuş. Tembelin gelip geri döndüğünü, bir daha gelip, tekrar geri döndüğünü görmüş. Sultan kız oda hizmetçilerini çağırmış:

„Kızlar!"

„Buyur hanımım."

„Bu gelen Ahmet'tir. Yakalayın, kolundan bacağından tutun, ayağı yere değmeden yakalayın, bana getirin."

Kızlar ele ele tutuşup, eteklerini sallaya sallaya, topuklarını şaklata şaklata aşağı inmişler. O arada Ahmet'i yakalamışlar. Daha „Durun kızlar, ne oluyor size?" diyemeden, sultan kızın karşısına çıkmışlar:

„Ahmet ne oldu sana?"

„Bacı, çok şaşırdım, içeri giremedim."

„Ahmet, niye içeri giremedin?"

„Bacı, ben giderken ne bu düzen, ne de bu saray gibi ev yoktu."

„Gel içeri." Ahmet cebindeki narları çıkarıp sultan kıza vermiş. Heybeyi de odanın ortasına koymuşlar.

Narları görünce kızları azarlamış:

„Kızlar, hepiniz kendi yerinize!" Kızlar odalarına çekilmişler.

„Ahmet, sen bunları nereden buldun?"

„Bacı bunlardan bir sepet dolusu var."

Sultan kız sepeti açmış ki ne görsün? Dolusuyla nar varmış. Meğer bunlar taneleri çok değerli taşlardan oluşan sihirli narlar imiş.

„Kalk Ahmet, öyle sessiz durma yerinde. Gidip padişahın bütün vezirlerini buraya davet et. Hangi gün hangi saatte geleceğini o sana söylesin."

„Peki."

Ahmet padişahın yanına gitmiş, oldukca resmi bir şekilde selam vermiş:

„Ne o Ahmet?"

„Efendim, sizi davet ediyorum. Bütün vezirleriniz ile birlikte konağa gelin. Hangi gün hangi saat geleceğinizi siz söyleyin."

„Git Ahmet, perşembe günü saat onikiye doğru gelirim."

„Peki." Tembel eve gedip sultan kıza anlatmış: „Perşembe saat onikiye doğru geliyor."

Sultan kız hazırlıklara başlamış. Aşçıları görevlendirmiş, kasaba et siparişi vermiş, bütün hazırlıkları görmüş. Padişah tam vaktinde konağa gelmiş, buyur edilmiş, vezirlere de yerleri gösterilmiş. Padişahın oturduğu yere bir perde gerilmiş, kızı perdenin arka tarafına oturmuş. Kız öte yandan yemekleri uzatıyormuş. Ahmet de sofraya koyuyormuş. Kız bir yemeğe tuz eklemiş, diğerlerini tuzsuz pişirmiş. Önce tuzlu yemeği servis etmiş. Padişah yemeği vezirleri ile birlikte yemiş. İkinci yemeğin servisi yapıldığında padişah bu yemekten bir lokma bile yiyememiş. Yemeği kenara itmiş. Sonra tekrar tuzlu bir yemek ikram edilmiş ve padişah yine yemeye başlamış.

„Hakikaten dünyanın tadı tuz imiş." Laf ağzından çıkar çıkmaz kız perdeyi çekip babasının karşısına çıkmış.

„Baba, ben ‚Seni tuz kadar severim,' dediğim zaman sen beni bu tembel adama verdin ki dilenip deşireyim. Ama Allah öyle bir Allah'tır ki, bak bu tembel nasıl bir insan oldu. Senin sarayından güzel havuzlu bir konak yaptırdı, meyve bahçesi seninkinden daha güzel. Hepsini başarana kadar o benim kardeşim, ben de onun bacısı idim. İkimiz hala kardeş gibiyiz. Sen şimdi burada bizim nikahımızı kıyacaksın." Padişah hemen Ahmet ile kızının nikahını kıyar.

Onlar yemiş, içmiş, yeraltına geçmişler. Onlar orada cefa çekerken, biz sefamızı sürüyoruz. Gökten üç elma düşmüş, ikisi dinleyenlerin, biri anlatanın başına. Ustamızın adı Hıdır, elimizden gelen budur.

5.

Der faule Mann / Tembel Adam Masalı

Der faule Mann

Es war einmal oder auch nicht. Es lebte einmal in einem entfernten Land ein sehr fauler Mann. Dieser Mann war so faul, dass sein Ruf überall im Land und auch über die Landesgrenzen hinaus bekannt war. Dies kam auch dem Sultan zu Ohren. Er rief seine Wesire zusammen und sagte: „Geht und erkundet, was dieser Mann macht! Da er in der ganzen Welt berühmt ist, sprechen die Landsleute mehr über ihn als über mich." Dann schickte er sie fort, den faulen Mann zu suchen.

Die Wesire zogen aus und standen eines Tages mit einer Truppe Soldaten vor der Tür des faulen Mannes. Sie klopften an und riefen den faulen Mann nach draußen, aber von drinnen war nichts als Stille zu hören. Nun brüllten sie fast, aber obwohl sie sehr laut waren, hörte man von drinnen keinen Mucks. Da stießen sie die Tür mit Gewalt auf und betraten das Haus. Sie sahen, dass der Mann in einer Ecke des Zimmers lag und seinen Kopf an die Wand lehnte. Unbekümmert sah er zu, wer da hereinkam. Die Wesire sprachen mit ihm und schimpften: „Mensch! Wir sind die Männer des Sultans. Wir sind einen so weiten Weg von der anderen Seite des Landes zu dir gekommen, und du hast uns nicht einmal die Tür geöffnet! Was für ein Mensch bist du?" Der faule Mann erwiderte: „Es ist mir egal, wer ihr seid!", und es kümmerte ihn nicht, was sie sagten. Ein Wesir ärgerte sich sehr über diese Gelassenheit des faulen Mannes, aber die anderen beruhigten ihn. Der faule Mann sagte: „Verlasst mein Haus! Ich interessiere mich weder für euch noch für euren Sultan. Ich werde jetzt schlafen. Lasst mich in Ruhe!" Und damit jagte er die Männer fort.

Da der faule Mann nicht einmal den großen Sultan ernst nahm, war die Truppe von seinem Verhalten sehr enttäuscht, aber sein Mut ängstigte sie auch. Sie machten sich auf den Weg zum Palast, um den Sultan zu benachrichtigen. Als der Sultan erfuhr, was geschehen war, rief er: „Was denn, er hat nicht einmal meine Grüße erwidert?" Dann aber schmiedete er einen Plan, um den faulen Mann von der Stelle zu bewegen. Der Sultan hatte eine bildhübsche Tochter. Er wandte sich an seine Wesire und sprach: „Ich weiß, wie ich diesen Mann dazu bekomme, sich zu bewegen. Übrigens wird er aus eigenem Willen aufstehen, ja sogar rennen. Dafür lasse ich ihn mit meiner Tochter verheiraten." Heimlich aber dachte er bei sich: „Der Mann ist sowieso so faul, dass er meine Tochter nicht einmal berühren kann."

Nach kurzer Zeit fand die Hochzeit zwischen der Tochter des Sultans und dem faulen Mann statt. Sie dauerte 40 Tage und Nächte, so dass die Landsleute viel und gut aßen und sehr vergnügt waren. Als die Zeremonie vorbei war, blieb die Sultanstochter, die Braut des faulen Mannes, allein in ihrem Zimmer. Der faule Mann aber verzog keine Miene und machte keine Anstalten, das Hochzeitszimmer zu betreten. Es wurde Morgen. Seine Frau bereitete ihm das Frühstück zu. Sie deckte die Tafel vor der Türschwelle. Der faule Mann sagte: „Wenn du die Tafel nicht neben mir deckst, esse ich nicht. Schau mich an, wenn ich meinen Willen nicht bekomme, weiß ich genau, was ich machen muss." Die Sultanstochter aber hörte nicht zu. Eine Stunde später kam sie zurück und deckte den Tisch ab.

Es wurde Mittag. Die Sultanstochter bereitete das Mittagessen für ihren Mann vor. Sie deckte die Tafel in der Mitte des Zimmers. Der faule Mann sagte: „Wenn du die Tafel nicht neben mir deckst, esse ich nicht. Schau mich an, wenn ich meinenWillen nicht bekomme, weiß ich genau, was ich machen muss." Die Sultanstochter aber hörte auch diesmal nicht hin. Eine Stunde später kam sie zurück und deckte den Tisch ab. Es wurde Abend. Die Sultanstochter bereitete ihrem Mann das Abendessen zu. Sie deckte die Tafel vor ihm, nur so weit entfernt, dass er ohne sich von der Stelle zu rühren mit der Hand sein Essen nehmen konnte. Der faule Mann aber sagte, was er den ganzen Tag wiederholt hatte: „Wenn du die Tafel nicht neben mir deckst, esse ich nicht. Schau mich an, wenn ich meinen Willen nicht bekomme, weiß ich genau, was ich machen muss", und er verlor kein weiteres Wort. Die Sultanstochter aber hörte auch diesmal nicht hin. Eine Stunde später kehrte sie zurück und deckte den Tisch ab.

Der faule Mann, der sich über dieses Verhalten sehr ärgerte, stand voller Zorn auf. Er nahm eine Nadel, eine Handvoll Sand und ein Hühnerei mit und ging hinaus in die dunkle Nacht. Er ging weiter und immer weiter, über Bäche und Hügel, bis er wie angewurzelt vor einer Kreuzung stehen blieb und sich nicht entscheiden konnte, welchen Weg er nehmen sollte. Als er so gleichgültig da stand und nachdachte, sah er auf einmal in der Ferne eine alte Frau näher kommen, die einen Stock in der Hand hielt, auf dem sie sich abstützte. Er lief auf sie zu und fragte: „Mutter, wohin führen diese Wege?" Die alte Frau antwortete: „Mein Sohn, einer dieser Wege führt zu einem Garten, in dem ein schillernder Bach fließt, als sei dieser Ort ein Teil des Paradieses. Und der andere Weg führt zum Land der Riesen. Aber welcher Weg wohin führt, daran erinnere ich mich nicht. Ich habe es vergessen. So ist es, wenn man älter wird." Der faule Mann küsste die Hand der alten Frau, dankte ihr und sprach: „Hier ist mein Schicksal, da ist mein Glück", und wählte dem Zufall folgend einen Weg aus.

Er ging weiter und immer weiter. Als er am Ende dieses Weges sehr, sehr große Höhlen sah, verstand er, dass er geradewegs in das Land der Riesen gelaufen war. Zuerst überkam ihn Angst, aber dann fasste er Mut und ging näher auf die Höhlen zu. „Heee!", rief er. „Ist jemand da?" – „Wer ist da draußen?", erschallte es aus einer der Höhlen, und man wusste nicht, woher genau die Stimme kam, denn sie war laut wie ein Donner, dass dem faulen Mann schier die Ohren platzten. Dann sah er einen Riesen, der den Kopf durch den Eingang einer Höhle streckte. Der faule Mann sagte: „He, Riesenbruder! Ich bin es!" Der Riese fragte ihn: „Wer bist du?" Der faule Mann antwortete: „Ich bin ein Mensch. Ich war gerade auf dem Weg und wollte kurz bei euch vorbeischauen. Aber Riesenbruder! Ich bitte dich, sprich langsam. Deine Stimme kommt bei mir an wie ein Donnergrollen!" Der Riese entschuldigte sich beim faulen Mann und bat ihn herein, sein Gast zu sein.

Im Land der Riesen lebten einige kleinere und einige größere Riesen, insgesamt 40 an der Zahl. Die Riesen verließen jeden Tag ihre Höhlen und arbeiteten bis zum Abend an einem fernen Ort. Einer von ihnen passte in dieser Zeit immer auf die Höhlen auf und kochte für die anderen. Dies nun war genau jener Riese, dem der faule Mann begegnet war. Als er den faulen Mann sah, freute er sich innerlich und dachte bei sich: „Juchu! Der gibt ein schönes Abendessen!“ Diesen Gedanken verriet er dem faulen Mann natürlich nicht, sondern ging freundlich auf ihn zu und fragte: „He, Menschenbruder, hast du Hunger? Willst du etwas essen?“ Der faule Mann sagte: „Ich bin nicht sehr hungrig, aber wenn du mir ein bisschen Brot gibst, esse ich gern etwas.“

Der Riese knetete gleich einen Teig und ließ ihn gehen. Dann backte er für den faulen Mann ein Riesenbrot in Menschengröße aus einem ganzen Sack voll Mehl. Diese waren nicht so klein wie unsere, sondern hatten die Größe eines ganzen Hauses. Der faule Mann wurde sofort satt, als er ein Stück von dem Brot aß, und da er das große Brot nicht tragen konnte, rief er den Riesen herbei und sagte zu ihm: „Dieses trockene Brot schmeckt nicht gut. Trage es für mich zum Bach, da kann ich es ins Wasser tunken und gemütlich essen.“ Der Riese antwortete: „Ich trage es dir sofort hin“, tat, wie ihm geheißen, und ging zurück in seine Höhle, um weiterzuarbeiten. Ohne es den Riesen merken zu lassen, zerteilte der faule Mann das Brot und warf es in den Bach. Dann rief er den Riesen: „He, Riesenbruder! Mein Brot ist alle! Backe für mich noch ein Brot!“ Der Riese staunte, wie der Mann das ganze Brot hatte essen können, backte ihm ein noch größeres Brot und legte es neben ihn. Als der Riese sich wieder seiner Arbeit zugewandt hatte, zerteilte der faule Mann das Brot wie zuvor und warf es in den Bach. So ging es den ganzen Tag, bis kein Mehl mehr da war. Der Riese war sehr überrascht und sagte: „He, Menschenbruder! Unser Mehl ist alle. Wir haben nichts mehr, um es unseren Freunden anzubieten. Entschuldige bitte.“ „Ach so“, sagte der faule Mann, „aber Gott sei Dank bin ich wenigstens ein bisschen satt geworden, so dass es bis zum Morgen reichen wird.“

Als es Abend wurde, wollte der faule Mann gleich schlafen und nicht auf die anderen warten. Er sagte: „Ich würde mich jetzt gerne ausruhen. Ich bin müde, weil ich aus so weiter Ferne gekommen bin.“ Der Riese machte für ihn ein Zimmer in einer Höhle zurecht. Der faule Mann ging hinein und legte sich schlafen. Irgendwann am Abend kamen die anderen Riesen von der Arbeit zurück. Alle waren sehr müde und hungrig. Sie verlangten ihr Essen, aber der wachende Riese sagte: „Leider haben wir nichts mehr da. Ein Mensch ist gekommen und hat alles, was es zu essen gab, aufgegessen. Er hat alles weggeputzt, und doch ist er nicht einmal richtig satt geworden.“ Die anderen Riesen zögerten erst, ihm zu glauben, aber der Riese, der bei den Höhlen geblieben war, beteuerte eifrig: „Ob ihr es glaubt oder nicht, dort drüben schläft er, in dieser Höhle. Geht und fragt ihn selbst.“ Die Riesen sprachen untereinander und entschieden, nicht hinzugehen. „Man weiß nicht, was passieren wird“, sagten sie. „Wir sollten vorsichtig sein.“ So beschlossen sie: „In Ordnung, lassen wir ihn schlafen. Um Mitternacht gehen wir hin und gießen kochendes Wasser über ihn, um ihn loszuwerden.“

Der faule Mann aber hatte gehört, was die Riesen beschlossen hatten. Er stand auf und kletterte leise durch ein Fenster nach draußen. Dort fand er einen Baumstumpf, der genau seine Größe hatte und den er in sein Zimmer trug. Er legte den Baumstumpf in sein Bett, deckte ihn ordentlich mit der Decke zu und versteckte sich auf dem Dachboden. Um Mitternacht kamen die Riesen alle zusammen ganz leise ins Zimmer des faulen Mannes. Sie schütteten kochendes Wasser aus großen Kesseln über sein Bett und flohen alsbald das Zimmer. Als sie draußen waren, kam der faule Mann vom Boden herab, nahm den Baumstumpf aus dem Bett, schaffte ihn aus der Höhle, und dann schlief er ganz gemütlich weiter in einer trockenen Ecke des Bettes.

Es wurde Morgen. Die Riesen flüchteten rasch zu ihrer Arbeit und redeten sich damit heraus, dass noch so viel zu tun sei. Der wachende Riese aber klopfte an die Tür des faulen Mannes und fragte: „Menschenbruder, bist du wach?" Der faule Mann erwiderte durch die Tür: „Oh, ich habe ganz gemütlich geschlafen, aber ich glaube, ich habe ein bisschen geschwitzt, denn das Bett ist ziemlich feucht." Der Riese erschrak sehr und rief: „Na so was, wie stark dieser Mensch ist! Wir haben ihn mit Kesseln voll kochendem Wasser übergossen und er meint, er fühle sich wie nassgeschwitzt!" Vor seinem inneren Auge machte er sich bewusst, wie stark dieser Mann sein musste, aber wollte sich seine Angst nicht anmerken lassen. So machte er sich daran, ihm Essen zuzubereiten – und wie auch am Tag zuvor überlistete ihn der faule Mann, indem er vorgab, alles zu essen, in Wahrheit aber das Brot in den Bach warf.

Es wurde Abend und auch dieses Mal ging der faule Mann wieder früh schlafen. Spätabends aber kamen die Riesen von der Arbeit zurück und waren sehr hungrig. Zuerst fragen sie den wachhabenden Riesen: „Ist er weg?" Als sie erfuhren, dass der Mann immer noch da war, berieten sie sich und beschlossen, ihn um Mitternacht mit glühenden Eisenstäben zu töten. Dann legten sie sich schlafen. Der faule Mann aber hatte sie flüstern gehört, steckte wieder den Baumstumpf unter seine Bettdecke und versteckte sich erneut auf dem Dachboden, um die Riesen abzuwarten. Um Mitternacht kamen die Riesen alle zusammen ganz leise ins Zimmer des faulen Mannes, sie schlugen mit glühenden Eisenstäben auf das Bett und flohen schnell wieder aus dem Zimmer. Sobald sie draußen waren, kroch der faule Mann vom Dachboden herunter und schlief ganz gemütlich in einer Ecke des Bettes weiter.

Am nächsten Morgen konnten die hungrigen Riesen nicht zur Arbeit gehen. Alle blieben in ihren Höhlen. Als der Tag hell wurde, klopften sie an die Tür des faulen Mannes und fragten: „He, Menschenbruder, bist du wach?" – „Ich bin wach, ich bin wach!", ertönte es von innen. Da zerplatzten die Riesen fast vor Angst und riefen: „Wie kann es möglich sein, dass er immer noch nicht tot ist?" Sie wollten aber nicht zugeben, was sie in der Nacht versucht hatten, und so fragten sie den Mann, als sei nichts geschehen: „Wie geht es dir? Hast du gut geschlafen?" – „Ich habe gut geschlafen", erwiderte der faule Mann, „aber gestern Nacht gab es sehr viele Läuse hier. Sie haben mich überall gebissen." Die Riesen fürchteten sich mehr denn je. Am liebsten hätten sie sich alle auf einmal auf ihn gestürzt, um ihn zu töten, aber sie trauten sich nicht.

An diesem Tag überlegten sie, was sie machen sollten. Einer von ihnen schlug vor: „Gehen wir doch in den Wald und lassen ihn dort einen Baum ausreißen. Wenn er wirklich so stark ist, dann zieht er die riesigen Bäume bis zu den Wurzeln hinaus. Wenn nicht, zeigt es uns, dass er schwach ist, dann können wir gleich alle zusammen auf ihn losgehen." Sie einigten sich, es so zu machen. Jeder nahm ein Seil mit und sie sagten zum faulen Mann: „Wir gehen in den Wald, um Holz zu sammeln. Komm mit und hilf uns." Der faule Mann verzweifelte sehr, als er das hörte. Ihm blieb aber nichts anderes übrig, und weil er sich nicht als Feigling erweisen wollte, ging er hinter den Riesen her.

Als sie in den Wald kamen, fassten die Riesen die Bäume an ihren Wipfeln und zogen sie aus dem Boden, als seien sie Gräser. Sie wandten sich an den faulen Mann. „He, Menschenbruder, ziehst du auch einen Baum aus?" Da er nicht bis zum Baumwipfel reichte, zogen sie die Spitze eines Baumes bis zum faulen Mann herunter und forderten ihn auf, den Baum herauszuziehen. Der faule Mann aber fasste an den Baumwipfel, schnellte mit ihm zurück bis zum Himmel und wurde in weite Ferne geschleudert. Die Riesen suchten ihn aufgeregt. Als sie ihn am Boden fanden, täuschte er sie, als liege er ohne Schmerzen da. Sie fragten ihn, was er denn am Boden suche, und der faule Mann erwiderte, als sei nichts Besonderes geschehen: „Psst, leise bitte!" Die Riesen wollten wissen, was los sei. „Ich wollte mich einfach nicht anstrengen und nicht in die Baumspitze klettern müssen, um einen Blick auf den Wald zu werfen. Ich habe aber hier irgendwo einen Hasen gesehen und wollte ihn fangen. Leider habe ich ihn verpasst." Der faule Mann klopfte sich den Staub von Gesicht und Kleidung, stand auf und sagte: „Übrigens, warum zieht ihr die Bäume jedes Mal nur einzeln heraus? Gebt mir ein langes Seil, dann wickle ich es um den ganzen Wald, ziehe alle Bäume auf einmal heraus und bringe sie euch gleich alle nach Hause."

Die Riesen fürchteten sich sehr und dachten bei sich: „Um Gottes Willen, dieser Mann könnte einen ganzen Berg auf uns niederstürzen!" Einer von ihnen trat vor und sagte: „Bitte, Menschenbruder, reiß nicht alle Bäume aus. Wir brauchen den Wald jedes Jahr. Wenn du jetzt alle Bäume bis zu den Wurzeln herausziehst, haben wir nächstes Jahr keinen Wald mehr. Wir reißen immer nur die alten Bäume heraus und lassen die jüngeren weiter wachsen, damit wir auch nächstes Jahr unseren Bedarf an Holz decken können." Dann nahmen die Riesen den faulen Mann und ihr gesammeltes Holz auf ihre Schultern und gingen zurück zu ihren Höhlen. Den faulen Mann aber störte es, dass die Riesen an seiner Stärke gezweifelt hatten, und damit er sie davon überzeugen konnte, rief er alle zu sich. Er stand vor einem Felsbrocken, nahm aus seiner Hosentasche den Sand, den er eingesteckt hatte, boxte zum Schein gegen den riesigen Fels und streute unbemerkt den Sand darüber. Danach drehte er sich zu den Riesen um und sagte: „Los, macht dasselbe, dann wissen wir genau, wer stark und wer schwach ist!" Alle Riesen hieben gegen den Felsbrocken und brachen sich dabei die Finger, ließen sich ihre Angst aber nicht anmerken.

Als der faule Mann sah, dass niemand es schaffte, den Stein zu Sand zu schlagen, nahm er diesmal das Ei aus seiner Hosentasche, boxte wieder zum Schein gegen den Felsbrocken und warf unbemerkt das Ei dagegen. Das Ei brach und die Flüssigkeit floss zum Boden. „Sand könnt ihr nicht machen", sagte er, „aber lasst wenigstens Wasser aus dem Stein kommen, damit ich weiß, wie stark ihr seid!" Die Riesen waren gezwungen, mitzumachen. Mit ihrer heilen Hand schlugen sie gegen den Felsbrocken, aber diesmal brachen sie sich schon beim ersten Versuch die Finger, so dass nun beide Hände gebrochen waren. Nachdem dies passiert war, konnten die Riesen nicht mehr weiterarbeiten und beschlossen, alle heimzugehen. Einer sagte: „He, Menschenbruder! Wir sind alle verletzt. Wir können nicht mehr arbeiten. Jeder sollte nach Hause gehen und wir uns trennen. Wir teilen unseren Gewinn und geben dir auch einen Anteil. Aber bitte lass uns in Ruhe, wir sollten auseinandergehen." Der faule Mann akzeptierte das Angebot. Jeder bekam vom Gold, das die Riesen angesammelt hatten, eine Tonne.

Der faule Mann sagte: „Ich will so viel Gold nicht tragen. Einer von euch soll es für mich tun, nur unter dieser Bedingung verlasse ich euch." Ein Riese setzte ihn auf seine Schultern und nahm die mit Gold gefüllte Tonne in die Hand, verabschiedete sich von den anderen Riesen und ging mit dem faulen Mann fort. Der Riese, der den faulen Mann auf seinen Schultern trug, dachte bei sich: „Dieser Mensch ist so leicht, wie kann er so stark sein?" So fragte er den faulen Mann: „He, Menschenbruder, warum bist du so leicht?" Der faule Mann erwiderte: „Ich hänge mit unsichtbaren Fäden am Himmel, deswegen spürst du mein Gewicht nicht." Wenig später fragte der Riese: „Also, Menschenbruder, locker die Fäden mal ein bisschen, damit ich dein Gewicht spüren kann." Da er einsah, dass er gegen die Hartnäckigkeit des Riesen nichts tun konnte, nahm der faule Mann die Nadel aus seiner Hosentasche und pickte den Riesen leicht in die Schulter. Der Riese aber ließ sich täuschen und glaubte, ein Gewicht zu spüren. „In Ordnung", sagte er, „ich gebe zu, du bist schwer." So gingen sie weiter und kamen schließlich zur Heimat des faulen Mannes. Der Riese verabschiedete sich von ihm und ging seiner Wege.

Ein Fuchs, der den Riesen schon von weitem gesehen hatte, als er zum Haus des faulen Mannes ging und wieder umkehrte, sprach ihn auf dem Rückweg an: „He, Riesenbruder, wo kommst du her?" Der müde Riese antwortete: „Frag nicht, Bruder Fuchs, wie es uns ergangen ist. Dieser Mensch hat uns unseren kompletten Wohlstand genommen. Wir sind jetzt nicht mehr zur Arbeit fähig und mussten auseinandergehen. Er hat noch eine Tonne Gold von uns bekommen, nur so konnten wir ihn loswerden. Er ist so stark und er isst mehr, als wir alle auf einmal essen." Der Riese war sehr überrascht, als der Fuchs lauthals zu lachen begann. „Was ist los, Bruder Fuchs, ist etwas peinlich? Was ist denn so komisch an meiner Geschichte?" Der Fuchs antwortete: „He, Bruder Riese, dieser faule Mann hat euch wohl zum Narren gehalten. Der Mann ist so faul, welche Kraft sollte er haben? Er bewegt sich kaum von der Stelle. Wann immer ich Lust habe, stehle ich seine Hühner. Er kann mich niemals fangen." Als der Riese die Worte des Fuchses hörte, ging er verschämt fort, ohne noch einmal einen Blick hinter sich zu werfen.

Der faule Mann, der sich gefragt hatte, womit sich der Riese auf dem Heimweg die Zeit vertrieb, war ihm heimlich gefolgt und hatte das Gespräch mit dem Fuchs belauscht. Er schmiedete einen Plan, was nun zu tun sei. Inzwischen hatten die Riesen von ihrem Bruder erfahren, was der Fuchs erzählt hatte, und machten sich auf den Weg zum faulen Mann, um ihm eine Lektion zu erteilen und ihr Gold zurückzuholen. Sie gingen weiter und immer weiter, über Bäche und Hügel, und kamen eines Abends vor die Haustür des faulen Mannes. Der faule Mann ließ sich nicht blicken. Vom Dachboden jedoch hörte man Lärm und eine Stimme. Die Riesen riefen: „He, Menschenbruder, wo bist du?“ Der faule Mann antwortete: „Ich bin auf dem Dachboden!“ Die Riesen fragten: „Was machst du auf dem Dachboden?“ – „Es gab hier mal ein Schwert von meinem Großvater“, erwiderte der faule Mann, „ich suche danach!“ Mit bebender Stimme fragte einer der Riesen: „Was willst du mit dem Schwert deines Großvaters machen?“ Als der faule Mann das hörte, rief er verärgert zurück: „Ich lasse euch feige Riesen, die nicht mir, sondern dem Fuchs geglaubt haben, über die Klinge springen!“ Als die Riesen diese Worte hörten, liefen sie mit Todesfurcht davon. Sie gingen fort und entkamen dem faulen Mann. Der faule Mann aber wurde wegen seiner großen Tapferkeit nur noch stolzer.

Tembel Adam Masalı

Bir varmış bir yokmuş. Bir zamanlar çok uzak bir ülkede tembel mi tembel bir adam yaşarmış. Bu adam o kadar tembelmiş ki, ünü bütün ülkeye ve hatta ülke dışına kadar yayılmış. Bu durum padişahın kulağına gitmiş. Padişah vezirlerini toplamış. „Gidip araştırın bakalım, ne yapıyor bu adam? Ünü bütün dünyaya o denli yayılmış ki, benim halkım benden daha çok ondan bahsediyor." diyerek onları tembel adamın peşine yollamış.

Vezirler günlerden bir gün bir tabur asker ile tembel adamın kapısına dayanmışlar. Kapıya vurup tembel adamı dışarıya çağırmışlar, ama içerden hiç ses duyulmuyormuş. Bu defa sesli bir şekilde bağırıp çağırmaya başlamışlar, o kadar gürültü yaptıkları halde içeriden bir çıt sesi bile gelmemiş. Bunun üzerine kapıya dayanıp iteklemişler ve zorla evin içerisine girmişler. Bir de bakmışlar ki adam odanın bir köşesinde başını duvara dayamış yatıyormuş. İçeri kimin geldiğini umursamamış bile. Vezirler onunla konuşup azarlamaya başlamışlar: „Adam sen de! Biz padişahın adamlarıyız. Ülkenin bir ucundan o kadar yol yapıp sana geldik, sen bize kapıyı dahi açmadın. Sen nasıl bir insansın!" Tembel adam „Kim olduğunuz umurumda bile değil!" diyerek onların ne söylediğiyle hiç ilgilenmemiş. Vezirlerden biri tembel adamın bu sorumsuz tavrına çok öfkelenmiş, ama diğerleri onun sakinleşmesini sağlamışlar. Tembel adam „Çıkın gidin evimden, ne siz ne de padişahınız umrumda değilsiniz. Şimdi uyuyacağım. Beni rahat bırakın!" diyerek adamlara yol vermiş.

Tembel adamın koskoca padişahı kaale bile almayan tavrı vezir ve askerlerini şaşırtmış, hatta cesaretinden korkmuşlar bile. Padişaha haber vermek üzere yola düşmüşler. Padişah olan bitenden haberdar olduğunda demiş ki: „Ne demek bu şimdi, benim selamımı dahi almadı mı?" Sonra içinden tembel adamı yerinden oynatacak bir plan düşünmüş. Padişahın güzeller güzeli bir kızı varmış. Vezirlerine dönüp demiş ki: „Ben bu adamı yerinden nasıl oynatacağımı bilirim. Üstelik kendi gönlüyle yerinden oynayacak, yerinden oynamak ne demek, koşacak bile. Bunun için onu kızımla evlendireceğim." İçinden geçen ise başkaymış: „Adam o kadar tembel ki, kızıma nasılsa elini bile süremez."

Tez zamanda padişahın kızı ile tembel adamın düğünü yapılmış. Kırk gün kırk gece süren düğünde, bütün ülke halkı yemiş, içmiş, eğlenmişler. Düğün dernek sona erdiğinde tembel adamın karısı olan padişahın kızı geceyi odasında yalnız geçirmiş. Tembel adam kılını kıpırdatmamış, gerdek odasına gitmek için yerinden de kalkmamış. Sabah olmuş. Karısı kalkıp ona kahvaltı hazırlamış. Sofrayı kapı eşiğine kurmuş. Tembel adam demiş ki: „Sofrayı yanıma kurmazsan hiçbirşey yemem. Bana bak sen, eğer dediğimi yapmazsan, ben ne yapacağımı bilirim." Fakat padişahın kızı ona kulak asmamış. Bir saat sonra gelip sofrayı kaldırmış.

Öğle olmuş. Padişahın kızı kocası için öğle yemeğini hazırlamış. Sofrayı odanın ortasına kurmuş. Tembel adam demiş ki: „Eğer sofrayı benim yanıma kurmazsan yemem. Bana bak, eğer benim istediğim olmazsa, ne yapacağımı iyi bilirim." Fakat padişahın kızı bu sefer de sözlerine kulak asmamış. Bir saat sonra geri gelip sofrayı kaldırmış. Akşam olmuş. Padişahın kızı kocası için akşam yemeğini hazırlamış. Sofrayı ona yakın öyle bir yere kurmuş ki, tembel adam biraz eğilip uzansa eliyle yemeğini alabilirmiş. Fakat tembel adam yine bütün gün dediklerini tekrarlamış: „Eğer sofrayı önüme kurmazsan yemem. Eğer dediğim olmazsa ne yapacağımı iyi bilirim." Başka da bir şey söylememiş. Padişahın kızı ise bu sefer de onu dinlememiş. Bir saat sonra geri gelip sofrayı kaldırmış.

Bu duruma çok öfkelenen tembel adam bir hışımla yerinden kalkmış. Giderken yanına bir iğne, bir avuç kum ve bir yumurta alıp gecenin karanlığında yola düşmüş. Az gitmiş, uz gitmiş, dere tepe düz gitmiş, yolun ikiye ayrıldığı yerde kalakalmış, ne yöne gideceğine karar verememiş. Öyle kararsız bir halde durmuş ne yapacağını düşünürken, elindeki sopaya dayanarak uzaktan ona doğru yaklaşmakta olan yaşlı bir kadıncağızı görmüş. Tembel adam yaşlı kadıncağıza gidip sormuş: „Anacığım, bu yollar nereye çıkar?" Yaşlı kadın cevap vermiş: „Oğlum, bu yollardan biri ortasından şırıl şırıl akan bir derenin geçtiği cennetten bir köşe misali bir yere çıkar. Diğer yoldan da devler ülkesine gidilir. Ama hangi yol nereye çıkar, orasını hatırlayamıyorum. Unutmuşum, yaşlılık işte." Tembel adam yaşlı kadının elini öpüp teşekkür etmiş. „Ya nasip, ya kısmet!" diyerek rasgele bir yola doğru vurup gitmiş.

Az gitmiş, uz gitmiş, dere tepe düz gitmiş. Yolun sonuna geldiğinde büyük büyük mağaralara rastlayınca dosdoğru devlerin ülkesine geldiğini anlamış. İlk anda paniğe kapılmış, ama sonra cesaretini toplayıp mağaralara doğru yaklaşmış. „Heeey!" diye bağırmış, „Kimse yok mu?" - „Kim o dışarıdaki?" diye yankılanmış bir mağaradan, ama sesin tam olarak nereden geldiği anlaşılmıyormuş, çünkü ses neredeyse tembel adamın kulağının zarını patlatacak bir gök gürlemesi kadar şiddetli imiş. Daha sonra bir mağaranın girişinden kafasını uzatan bir dev görmüş. Tembel adam demiş ki: „Hey, dev kardeş, benim ben!" Dev sormuş: „Sen de kimsin?" Tembel adam cevap vermiş: „Ben bir insanoğluyum. Yolum buradan geçiyordu, ne var ne yok bir bakayım, dedim. Ama dev kardeş, lütfen biraz yavaş konuş. Sesin bana gök gürlemesi gibi geliyor!" Dev tembel adamdan özür dileyip içeri buyur etmiş.

Devlerin ülkesinde irili ufaklı kırk kadar dev yaşarmış. Devler hergün mağaralarından çıkar, akşama kadar uzak bir yere çalışmaya giderlermiş. İçlerinden biri geride kalır, mağaralara göz kulak olur ve diğerleri için yemek yaparmış. Tembel adamın karşısına çıkan bu dev, tam da o işlere bakarmış. Dev, tembel adamı gördüğünde içinden şöyle geçirmiş: „Yaşasın, işte bundan bize güzel bir akşam yemeği çıkar!" Tabii ki bu düşüncesini tembel adama belli etmemiş, tam tersine ona arkadaşça yaklaşıp sormuş: „Hey, insanoğlu kardeş, karnın aç mı? Yiyecek bir şeyler ister misin?" Tembel adam demiş ki: „O kadar aç değilim, ama bana bir parça ekmek verirsen, ucundan biraz atıştırırım."

Dev hemen bir hamur yoğurup mayalanmaya bırakmış. Sonra tembel adam için koca bir çuval dolusu undan bümbüyük bir somun ekmek pişirmiş. Bu ekmek bizim bildiklerimiz kadar küçük değil, bilakis koca bir ev büyüklüğünde imiş. Tembel adam bir parça ekmek yeyince hemencecik doyuvermiş, koca ekmeği taşımaya gücü yetmediğinden devi yanına çağırmış ve ona demiş ki: „Bu ekmek kuru kuru gitmiyor. Benim için dere kenarına taşıyıver de suya banıp banıp tadını çıkararak yiyeyim." Dev cevap vermiş: „Hemen taşırım.", dediğini yaptıktan sonra gerisin geri mağaraya gidip işine gücüne bakmış. Tembel adam deve çaktırmadan ekmeği ufak ufak parçalayıp dereye atıyormuş. Sonra deve seslenmiş: „Hey, dev kardeş! Ekmeğim bitti! Benim için bir ekmek daha pişiriver!" Dev bu adamın koca ekmeği nasıl yiyebileceğine şaşırmış, onun için daha da büyük bir ekmek pişirmiş ve yanına bırakmış. Dev tekrar işinin başına döndüğü vakit, tembel adam bu ekmeği de önceki gibi ufak parçalara bölüp bölüp dereye atmış. Bu böyle akşama değin hiç un kalmayana kadar sürüp gitmiş. Dev bu işe çok şaşırmış ve demiş ki: „Hey, insanoğlu kardeş! Unumuz bitti. Arkadaşların önüne koyacak bir şey de kalmadı. Kusura bakma." „Ah," demiş tembel adam, „neyse Allah'a şükür ki, en azından azıcık doydum, sabaha kadar idare ederim."

Akşam olduğunda tembel adam diğerlerini beklemeden yatmak istemiş. „Şimdi gidip dinlensem iyi olur. Çok uzak yoldan geldiğim için yorgun düştüm." Dev ona mağaralardan birinde bir oda hazırlamış. Akşam olduğunda diğer devler işten dönmüşler. Hepsi de çok yorgun ve karınları aç imiş. Yemek beklemişler, fakat orta işlerine bakıp bekçilik yapan dev demiş ki: „Maalesef hiçbir şey kalmadı. Bir insanoğlu geldi ve yiyecek ne var ne yok yedi. Herşeyi silip süpürdüğü halde karnı bile doymadı." Diğer devler önce ona inanmak istememişler, ama mağarada kalan dev telaşla itiraz etmiş: „İster inanın ister inanmayın, şurda yatıyor, şu mağarada. Gidip kendisine sorun." Devler aralarında konuşup oraya gitmemeye karar vermişler. „Ne olur, ne olmaz, kimse bilemez," demişler. „Dikkatli olmakta fayda var." Aralarında karar almışlar: „Tamam, bırakalım şimdi uyusun. Geceyarısı gidip üzerine kaynar su boca edelim, böylelikle ondan kurtuluruz."

Devler aralarında karar verirken, meğer tebel adam konuşmalarına kulak misafiri olmuş. Yerinden kalkıp sessizce pencereden dışarıya tırmanmış. Tastamam kendi boyunda olan bir ağaç kütüğü bulup odasına taşımış. Ağaç kütüğünü yatağına boylu boyunca yerleştirip üzerini bir örtüyle düzgünce örtmüş, kendisi de tavan arasına saklanmış. Geceyarısı olunca bütün devler hep beraber sessizce tembel adamın odasına girmişler. Koca bir kazan dolusu kaynar suyu yatağının üzerine boca ettikleri gibi dışarıya kaçışmışlar. Onlar dışarı çıktığında tembel adam tavan arasından aşağı inip kütüğü yatağından kaldırmış, mağaranın dışına çıkarmış ve yatağın kuru bir köşesine kıvrılıp bir güzel uyumuş.

Sabah olmuş. Devler yapacak çok işleri olduğunu öne sürerek kaçarcasına oradan ayrılmışlar. Bekçilik yapan dev, tembel adamın kapısını çalıp sormuş: „İnsanoğlu kardeş, uyanık mısın?" Tembel adam kapı aralığından cevap vermiş: „Oh, öyle rahat uyudum ki, fakat sanırım biraz terlemiş olmalıyım, çünkü yatağım epeyce nemli." Devin ödü kopmuş, demiş ki: „Bak hele, ne kadar da güçlüymüş bu insanoğlu! Biz üzerine bir kazan dolusu kaynar su döktük, o daha terlemiş olmalıyım, diyor!" İçindense adamın ne kadar güçlü olduğunu ve korkusunu ona belli etmemesi gerektiğini geçiriyormuş. Ona yemek hazırlamaya başlamış - o gün de bir önceki gün gibi tembel adam yine onu kandırmış, bütün yemekleri yemiş gibi yapıyormuş, ama aslında bütün ekmeklerini dereye atıyormuş. Böylece devler o gün yine aç kalmışlar.

Akşam olmuş, tembel adam yine erkenden yatmaya gitmiş. İyice akşam çöktüğünde devler işten gelmişler, hepsi de çok acıkmış. Bekçilik yapan deve önce „Gitti mi o?" diye sormuşlar. Adamın hala orada olduğunu öğrendiklerinde düşünüp taşınmışlar ve onu geceyarısı kızgın demir çubuklarla öldürmeye karar vermişler. Tembel adam ise onların fısıltılarını duyuyormuş, ağaç kütüğünü tekrar yatağına yerleştirmiş, kendisi de yine tavan arasına saklanıp devleri beklemeye başlamış. Geceyarısı olduğunda devler hep birlikte sessizce tembel adamın odasına girmişler, yatağı kızgın demir çubuklarla delik deşik etmişler, sonra da odadan tekrar hızlıca kaçmışlar. Dışarı çıktıkları gibi, tembel adam tavan arasından aşağı inip yatağın bir köşesine kıvrılmış ve keyifle uyumuş.

Aç kalan devler ertesi gün işe gidecek gücü kendilerinde bulamamışlar. Hepsi mağaralarında kalmışlar. Gün ağardığında gidip tembel adamın kapısını çalmışlar: „Hey, insanoğlu kardeş, uyanık mısın?" - „Uyanığım, uyanığım!", diye içeriden ses duyulmuş. Devlerin korkudan ödleri patlamış, demişler ki: „Nasıl olur, nasıl ölmez!" Fakat gece ne haltlar karıştırdıklarını belli etmek istememişler, hiçbir şey olmamış gibi sormuşlar: „Nasılsın? İyi uyudun mu?" - „İyi uyudum" , diye cevap vermiş tembel adam, fakat dün buraya bit doluşmuş. Her yanımı ısırdılar." Devler hiç bu kadar korkmamışlar. Yapacakları en iyi şey hep birden üzerine çullanmak olsa da, kendilerine güvenememişler.

O gün ne yapalım, ne yapalım diye düşünüp durmuşlar. İçlerinden biri bir öneride bulunmuş: „Ormana gidelim, bir ağacı yerinden sökmesini isteyelim. Eğer hakikaten o kadar güçlü ise koca ağaçları kökünden söküp çıkarır. Eğer değilse güçsüz olduğu ortaya çıkar, o zaman hepimiz birden üzerine yürürüz." Bu öneriyi hepsi birden kabul etmiş. Herbiri ellerine birer halat almış, tembel adama da demişler ki: „Biz ormana odun toplamaya gidiyoruz. Sen de gelip bize yardım et." Tembel adam bunu duyunca endişeye kapılmış. Fakat başka bir seçeneği yokmuş, korktuğunu belli etmektense devlerin peşine takılıp gitmiş.

Ormana vardıklarında devler sanki ot koparır gibi ağaçların uçlarından tutup yerlerinden çıkarıyorlarmış. Tembel adama dönüp demişler ki: „Hey, insanoğlu kardeş, sen de bir ağacı yerinden söküp çıkarabilir misin?" Boyu ağacın tepesine yetişemeyeceği için ucunu tembel adamın ulaşacağı bir yere kadar çekip ağacı yerinden sökmesini beklemişler. Tembel adam ağacın ucuna dokunduğu gibi, yerinden doğrulan ağaç onunla birlikte gökyüzüne doğru savrulmuş ve tembel adamı uzak bir yere fırlatmış. Devler heyecanla peşinden gidip onu aramaya başlamışlar. Onu bulduklarında yere serilmiş halde yatıyormuş, fakat sanki hiçbir yeri acımıyormuş gibi davranmış. Ona yerde ne aradığını sorduklarında hiçbir şey olmamış gibi yanıtlamış: „Psst, sessiz olun!" Devler ne olup bittiğini öğrenmek istemişler: „Ormana şöyle bir göz atmak istiyordum, ama ağacın tepesine tırmanarak kendimi yormayayım, dedim. Buralarda bir yerde bir tavşan gördüm, ama maalesef yakalayamadım." Tembel adam üstüne başına bulaşan tozları silkeleyip yerinden kalkmış ve demiş ki: „Bu arada, ne diye her seferinde sadece bir ağacı yerinden söküyorsunuz? Verin bana uzun bir halat, ormanın etrafına geçirip bütün ağaçları tek bir seferde koparayım, sonra da hepsini eve taşıyayım."

Devlerin hepsi birden paniklemişler, ‚Aman Allah'ım, bu adam koca dağı üzerimize yıkacak!' diye içlerinden geçirmişler. İçlerinden biri öne çıkıp demiş ki: „İnsanoğlu kardeş, lütfen, sökme bütün ağaçları. Bizim bu ormana her yıl yeniden ihtiyacımız oluyor. Eğer sen şimdi bütün ağaçları köküne kadar söküp çıkarırsan, seneye bir ormanımız kalmayacak.

Biz sadece yaşlı ağaçları söküyoruz, genç ağaçları büyümeleri için yerinde bırakıyoruz ki, gelecek yıl odun ihtiyaçlarımızı karşılayabilelim." Sonra devler tembel adamı ve topladıkları odunları omuzlarına alıp mağaralarına geri dönmüşler. Tembel adam ise devlerin kendi gücünden şüpheye düşmelerinden rahatsızlık duymuş ve bu durumu düzeltmek için onları yanına çağırmış. Bir kayanın önünde dikilmiş, cebinde sakladığı kumu eline almış, kayaya göstermelik bir yumruk atmış, çaktırmadan da avucundaki kumu üzerine serpmiş. Sonra devlere dönüp demiş ki: „Hadi bakalım, aynısını yapın da asıl güçlü olan kimmiş, zayıf olan kimmiş görelim!" Bütün devler sırayla kayaya yumruk atmışlar, hepsinin parmakları kırılmış, ama ne kadar korktuklarını belli etmemişler.

Tembel adam hiçbir devin taşa vurup suyunu çıkarmayı başaramadığını görünce, bu sefer de cebindeki yumurtayı çıkarmış, yalancıktan kayaya yumruk atar gibi yapıp farkettirmeden çarpmış. Yumurta kırılıp içerisindeki sıvı yere akmış. „Kum haline getiremediniz," demiş, „ama bakalım hiç olmazda taşın suyunu çıkarabilecek misiniz, ben de bileyim ne kadar güçlü olduğunuzu!" Devler mecburen dediğini yapmışlar. Kayaya vurdukça, bu sefer de daha ilk denemede sağlam kalan ellerindeki parmaklarını kırınca, nihayetinde her iki elleri birden sakat kalmış. Bütün bu olanlardan sonra, artık devler çalışamaz hale gelmişler ve hepsi de evlerine dönmeye karar vermişler. Biri demiş ki: „Hey, insanoğlu kardeş! Hepimiz sakatlandık. Daha çalışamayız. Herkes kendi evine gidecek, ayrılacağız. Kazancımızı bölüşeceğiz, sana da pay vereceğiz. Ama lütfen artık bizi rahat bırak, herkes kendi yoluna gitsin." Tembel adam bu teklifi kabul etmiş. Devlerin biriktirdiklerinden herbirine bir küp dolusu altın düşmüş.

Tembel adam demiş ki: „O kadar altını taşımak istemem. İçinizden biri bunu benim için yapacak, ancak bu takdirde sizden ayrılırım." Devlerden biri onu bir omzuna, altın dolu küpü de diğer omzuna almış, diğer devlere veda edip tembel adam ile birlikte yola düşmüş. Tembel adamı omzunda taşıyan dev içinden şöyle geçirmiş: „Ne kadar da hafif bu adam, nasıl bu kadar güçlü olabilir?" Ona sormuş: „Hey, insanoğlu kardeş, sen niye bu kadar hafifsin?" Tembel adam cevap vermiş: „Ben görünmez iplerle gökyüzüne bağlıyım, o yüzden benim ağırlığımı hissetmiyorsun." Çok geçmeden dev yine sormuş: „Yani insanoğlu kardeş, şu ipleri azıcık gevşetsen de ben de senin ağırlığını hissetsem." Devin böyle ısrar ettiğini görünce pantolonunun cebindeki iğneyi çıkarıp hafifçe omzuna batırıvermiş. Dev ise yanılgıya düşüp ağırlığını hissettiğini sanmış. „Tamam," demiş, „ağır olduğunu kabul ediyorum." Böylece yola devam etmişler ve nihayetinde tembel adamın memleketine varmışlar. Dev onunla vedalaştıktan sonra kendi yoluna gitmiş.

Devi ta uzaktan farketmiş olan bir tilki, önce tembel adamın evine gidip sonra da gerisin geriye döndüğünü görünce, dönüş yolunda onunla konuşmuş: „Hey, dev kardeş, nereden geliyorsun?" Yorgun dev cevap vermiş: „Hiç sorma tilki kardeş, başımıza neler geldi neler. Bu insanoğlu bizim bütün kurulu düzenimizi alt üst etti. Artık çalışamaz duruma geldik ve dağılmak zorunda kaldık. Üzerine bir küp dolusu altınımızı da aldı da, ancak öyle kendisinden kurtulabildik. O kadar güçlü ki, bizim hepimizden daha fazla yemek yiyebiliyor." Tilki kahkahalarla gülmeye başladığında dev şaşırıp kalmış. „Ne oluyor tilki kardeş, tuhaf bir şey mi var? Anlattığım hikayede bu kadar komik olan nedir?" Tilki cevap vermiş: „Hey, dev kardeş, bu tembel adam hepinizi tongaya düşürmüş. Bu adam tembelin tekidir, ne gücünden bahsediyorsun? Yerinden kımıldamaya üşenir. Canım ne zaman isterse tavuklarından birini çalarım. Beni hayatta yakalayamaz." Dev tilkinin bu sözlerini duyduğunda o kadar utanmış ki, ardına bakmadan oradan uzaklaşmış.

Tembel adam kendi kendine devin dönüş yolunda ne diye bu denli oyalandığını sormuş ve onu gizlice takip edince tilkiyle aralarında geçen konuşmaya kulak misafiri olmuş. Nasıl davranması gerektiğine dair kafasında bir plan yapmış. Bu arada geri dönen dev, kardeşlerini tilkinin anlattıklarına dair haberdar etmiş, hep birlikte tembel adama dersini vermek ve altınlarını geri alabilmek için tembel adamın yaşadığı yere doğru yola çıkmışlar. Az gitmişler uz gitmişler, dere tepe düz gitmişler, bir akşam vakti tembel adamın kapısına dayanmışlar. Tembel adam görünürde yokmuş. Fakat tavan arasından takır tukur sesler duyuluyormuş. Devler seslenmişler: „Hey, insanoğlu kardeş, nerdesin?" Tembel adam cevap vermiş: „Tavan arasındayım!" Devler sormuş: „Ne yapıyorsun orada?" - „Burda zamanında dedemden kalma bir kılıç vardı," demiş tembel adam, „onu arıyorum!" Devlerden biri titrek bir sesle sormuş: „Dedenin kılıcını ne yapacaksın?" Tembel adam bunu duyunca öfkeyle karşılık vermiş: „Bana değil de tilkiye inanan sizin gibi korkak devleri kılıçtan geçireceğim!" Devler bu sözüne karşılık can havliyle koşup gitmişler. Onlar kaçıp kurtulmuşlar. Tembel adam da cesaretiyle övünmeye devam etmiş.

6.

Öksüz Kız / Waisenmädchen

Waisenmädchen

Es war einmal, oder auch nicht, in ganz früheren Zeiten, dass es einen Vater gab, eine Mutter und ihre Tochter. Eines Tages starb die Mutter und es kam eine Stiefmutter. Die Stiefmutter schickte das Mädchen jeden Tag zur Weide, um die Kuh zu füttern. Sie drückte ihm ein Stück getrocknetes Gerstenbrot in seine Hand. Das Kind ging weinend, denn es konnte das Gerstenbrot, weil es so trocken war, weder essen noch schlucken. Eines Tages fing die Kuh, die sie zur Weide führte, zu sprechen an und sagte:

„Gib mir dein Brot, ich esse es. Komm herein durch mein Ohr, da gibt es tolles Essen, iss das."

Von jenem Tag an gab das Mädchen sein Gerstenbrot der Kuh, während es selber in das Ohr der Kuh schlüpfte, um gutes Essen zu sich zu nehmen. Nun hatte die Stiefmutter auch eine leibliche Tochter. Die Mutter sah, dass ihre Stieftochter von Tag für Tag zunahm und immer schöner wurde, während ihre eigene Tochter sich aber nicht wie die Stieftochter entwickelte, obwohl sie sie mit Eiern und Butter fütterte. Deswegen schickte sie eines Tages ihre eigene Tochter zur Weide. Sie gab auch ihr ein Stück Gerstenbrot. Die Stieftochter behielt sie an jenem Tag zu Hause. Das Mädchen ging zur Weide und bekam Hunger. Sie aß ihr Gerstenbrot, aber das trockene Brot blieb ihr im Hals stecken, dass es ihr Tränen in die Augen trieb. Die Kuh, die um das Verhältnis der Stiefmutter zu dem armen Mädchen wusste, gab keinen Mucks von sich. Schließlich kehrte das Mädchen nach Hause zurück und sagte:

„Mutter, Mutter, schickt mich nie wieder dorthin, ich kann dieses Brot nicht essen. Schick wieder das Mädchen hin. Ich wäre beinahe gestorben."

Am nächsten Tag drückte die Mutter in die Hand ihrer Stieftochter etwas Baumwolle und eine Spindel und sagte:

„Schnür heute diese Baumwolle, mach daraus ein Garn."

Sie nahm beides mit, schaute die Baumwolle und die Spindel an und weinte. Die Kuh aber fragte:

„Was hast du dabei, warum weinst du?"

„Meine Stiefmutter hat gesagt, dass ich die Baumwolle zu einem Garn spinnen soll."

„Bring mir diese Baumwolle, ich esse sie, und du sollst bei mir sitzen und das Garn wickeln."

Das Mädchen gab der Kuh die Baumwolle, und die Kuh schluckte sie hinunter. Aus ihrem Ohr ließ die Kuh das Mädchen ganz dünnes Garn herausziehen und aufwickeln. Das Mädchen brachte das Garn mit nach Hause. Da sie das Garn hervorragend gesponnen hatte, wurde sie gelobt und jeder redete gut über sie. Die Mutter sagte zu ihrer leiblichen Tochter:

„Sieh mal, mein Mädchen, wie sie immer Achtung und Lob erwirbt. Heute sollst du die Baumwolle mitnehmen und zu Garn spinnen."

Sie nahm die Baumwolle mit und ging die Kuh weiden zu lassen, verspann die Baumwolle aber zu einem ganz dicken Garn. Als sie nach Hause zurückkehrte, sagte sie zu ihrer Mutter:

„Mama, ich konnte nicht spinnen!"

„Du konntest es nicht, aber sieh mal, sie lässt die Kühe weiden und kann dabei sowohl zunehmen als auch besser das Garn spinnen."

Die Mutter verdächtigte die Kuh und sagte zu ihrem Mann:

„Lass uns die Kuh schlachten."

„Warum sollen wir sie denn schlachten, wir trinken ihre Milch und essen ihren Joghurt und ihre Butter."

„Nein, du wirst sie schlachten!"

Schließlich überredete sie ihren Mann und sie entschieden, die Kuh zu schlachten. Das Waisenmädchen ging, setzte sich neben die Kuh und weinte. Die Kuh fragte:

„Warum weinst du?"

„Sie wollen dich schlachten, und was soll ich dann machen?"

„Wenn sie mich schlachten, verbiete ich ihnen mein Fleisch. Sie werden nicht davon essen können, es wird ihnen bitter schmecken. Es wird dir aber süß schmecken wie ein Zuckerbonbon und du sollst essen. Wickel dann meine Knochen in ein weißes Tüchlein und verstecke sie unter meiner Krippe."

Sie schlachteten die Kuh, ihr Fleisch schmeckte ihnen bitter und sie konnten es nicht verzehren. Dem Mädchen aber schmeckte es süß, und es aß davon. Es sammelte und wickelte die Knochen in ein weißes Tüchlein und vergrub sie unter der Krippe. Es vergingen ein, zwei Monate. Da geschah es, dass ein Sultan heiratete und sie eine Einladungskarte bekamen. Die Mutter ließ ihre eigene Tochter gut kleiden und schminken. Bevor sie zur Hochzeit fuhren, sagte sie aber der Stieftochter:

„Du füllst den Kessel mit Tränen, bis wir wieder da sind."

„Wie kann ich den mit Tränen füllen?"

„Egal, wie du das machst, du musst es aber tun."

Sie vermischte noch je einen Blechkanister voller Weizen und einen voller Linsen miteinander und sagte zu dem Mädchen:

„Du sollst jedes einzelne Stück verlesen und sie voneinander trennen. Wir kommen in zwei Tagen zurück, du verliest den Weizen und die Linsen und füllst den Kessel mit Tränen."

Sie gingen fort, und das Mädchen fing an zu weinen. Wie sollte sie nur weinen, bis der Kessel voll war? Da kam ein Salzverkäufer die Straße entlang, und als er sie weinen hörte, fragte er:

„Warum weinst du, mein Mädchen?"

„Meine Stiefmutter hat gesagt, dass ich den Kessel mit Tränen füllen soll."

„Hier, mein Mädchen, nimm ein Pfund Salz, gieße 2 Blechkanister Wasser darüber und schon wird das Wasser zu Tränen. Tränen sind auch salzig."

Und so wurden die Tränen gemacht. Nun setzte sich das Mädchen, um Linsen und Weizen zu verlesen. Da liefen Fremdarbeiter die Straße entlang und verkauften Siebe. Sie baten das Mädchen um Brot. Es reichte ihnen welches und sagte:

„Meine Stiefmutter hat mir gesagt, dass ich den Weizen und die Linsen verlesen und trennen soll, ich habe schon einige verlesen, aber ich werden einfach nicht fertig."

„Bring sie her, wir sieben sie für dich."

Sie siebten und der Weizen fiel durch das Sieb hindurch, während die Linsen oben im Sieb liegen blieben. Das Mädchen erinnerte sich an die Knochen der Kuh. Es lief zur Krippe und sah, dass es dort jetzt mit Gold bestickte Kleider, ein Pferd und was man sich nur wünschen konnte gab. Es zog die Kleider auf der Stelle an und machte sich mit dem Pferd auf den Weg zur Hochzeit. Da sah es die Stiefmutter und die Halbschwester im Eingang auf einem Schuhschrank sitzen. Als das Mädchen den Hochzeitssaal betrat, dachten alle, dass es eine Sultanstochter sei. Es wurde mit allen Ehren empfangen und an einen Platz geführt. Das Mädchen blieb eine Zeit lang dort und verließ die Hochzeit, kurz bevor die Stiefmutter und die Halbschwester sich auf den Heimweg machten. Als es nach Hause eilte, fiel einer von seinen Schuhen neben einen Brunnen. Sie kam heim, zog ihre Kleider aus und versteckte sie. Als die Stiefmutter und die Halbschwester zurückkamen, fragte sie:

„Schwester, ist die Hochzeit angenehm gewesen?"

„Ach, es hat viel Spaß gemacht, hättest du nur gesehen, wie eine Sultanstochter gekommen ist, sie ist in allen Ehren empfangen worden und wird nun hochgeschätzt. Es war ein herrliches Fest, und die Sultanstochter war wunderschön anzusehen."

Die Stiefmutter hatte aber keine Ahnung davon, dass die Sultanstochter in Wirklichkeit ihre eigene Stieftochter war. Der Sultanssohn aber führte sein Pferd zum Brunnen und fand dort den Schuh des Mädchens. Er sagte:

„Ich werde diejenige heiraten, an deren Fuß dieser Schuh passt."

Man führte ihn überall hin. An dem Fuß war der Schuh zu klein und an einem anderen wieder zu groß. Er passte schließlich nur an den Fuß des Mädchens. Die Stiefmutter platzte beinahe vor Eifersucht. Nun wurde die Hochzeit gefeiert und das Mädchen auf einem Pferd dorthin gebracht. Es isst, trinkt und ist vergnügt ...

Öksüz Kız Masalı

Bir varmış bir yokmuş. Çok eski zamanların birinde bir baba, bir anne, bir de bir kızları varmış. Bir gün anne ölmüş, onun yerine üvey anne gelmiş. Üvey anne kızı hergün çayıra çayıra inek otlatmaya yollarmış. Eline bir parça kurumuş arpa ekmeği verirmiş. Kız ağlaya ağlaya gidermiş, çünkü arpa ekmeği o kadar kuruymuş ki, ne yenilir ne de yutulurmuş. Günlerden bir gün otlatmaya götürdüğü inek dile gelmiş, demiş ki:

„Ver bana ekmeğini, ben yiyeyim. Kulağımın içine gir, orada harika yemekler var, onlardan yersin."

O günden sonra kız kendi arpa ekmeğini ineğe verirken, kendisi de kulağına girip güzel yemeklerle karnını doyurmaya başlamış. Üvey annesinin bir de kendi öz kızı varmış. Annesi bakmış ki, üvey kızı gün geçtikçe kilo alıp güzelleşiyor, oysa ki kendi kızını yumurta ile tereyağı ile beslediği halde üvey kızı gibi değil. Bu yüzden bir gün kendi kızını çayıra yollamış. Onun da eline bir parça arpa ekmeği vermiş. Üvey kızını o gün evde bırakmış. Kız çayıra gidince karnı açıkmış. Arpa ekmeğini yemiş, ama kuru ekmek boğazında kalmış, gözü yaşlarla dolmuş. Üvey annenin zavallı kıza nasıl davrandığını bilen inek hiç sesini çıkarmamış. Nihayet kız eve dönüp annesine demiş ki:

„Anne, beni bir daha asla oraya yollama. Ben o ekmeği yiyemem. O kızı yolla yine oraya. Neredeyse ölecektim."

Ertesi gün anne üvey kızının eline biraz pamukla bir çıkrık tutuşturmuş, demiş ki:

„Bugün bu pamuğu eğir, ip yap."

Kız almış yanına götürmüş, bir pamuğa bir çıkrığa bakıp ağlıyormuş. İnek sormuş:

„Ne getirdin, niye ağlıyorsun?"

„Annem dedi ki, bu pamuktan iplik eğirmem gerekiyormuş."

„Getir bana pamuğu yiyeyim, sen de yanıma otur, ipliği sar."

Kız pamuğu ineğe vermiş, inek de yutmuş. Kız ineğin kulağından çıkan incecik ipi sarmış. Kız almış ipi eve getirmiş. İp o kadar mükemmel bir şekilde eğrilmiş ki, herkes kızı becerisinden dolayı övmüş ve hakkında güzel sözler söylemiş. Anne kendi öz kızına demiş ki:

„Bak kızım, nasıl da sürekli saygı ve övgü kazanıyor. Bugün sen pamuğu alıp götüreceksin ve ip eğireceksin."

Kız pamuğu alıp çayıra inek otlatmaya gitmiş, pamuğu çıkrığa dolamış ama çok kalın bir iplik çıkarmış. Eve döndüğünde annesine demiş ki:

„Anne, ipi eğiremedim!"

„Sen yapamadın, ama bak, o hem ineği otlatıyor, kilo da alıyor, ipi de çok daha iyi eğiriyor."

Anne inekten şüphelenmiş, kocasına demiş ki:

„İneği kestirelim."

„Niye kestirecekmişiz, hem sütünü içiyoruz, hem de yoğurdunu yağını yiyoruz."

„Hayır, onu keseceksin!"

Nihayetinde kocasını ikna etmiş ve ineği kesmeye karar vermişler. Öksüz kız gidip ineğin yanına oturmuş, ağlamaya başlamış. İnek sormuş:

„Ne için ağlıyorsun?"

„Seni kesecekler, ben ne yaparım sonra?"

„Eğer beni keserlerse onlara etimi haram edeceğim. Yiyemeyecekler, onlara acı gelecek. Sana ama şeker gibi tatlı gelecek, sen ye. Sonra kemiklerimi beyaz bir çaputa sar, yemliğimin altına sakla."

İneği kesmişler, eti onlara acı gelmiş, yiyememişler. Kıza ama tatlı gelmiş, etten yiyebilmiş. Kemiklerini toplayıp beyaz bir çaputa sarmış ve yemliğin altına saklamış. Aradan bir iki ay geçmiş. Padişahın evleneceği haberi gelmiş, onlara da düğün davetiyesi verilmiş. Anne kendi öz kızına güzel bir kıyafet giydirip süslemiş. Düğüne gitmek üzere evden çıkmadan önce üvey kızına demiş ki:

„Biz gelene kadar sen şu kazanı gözyaşı ile doldur."

„Ama ben gözyaşı ile nasıl doldurayım?"

„Nasıl yaparsan yap, umrumda değil, ama yapacaksın."

Bir de bir teneke dolusu buğday ile bir teneke dolusu mercimeği birbirine karıştırıp kıza demiş ki:

„Her bir taneyi tek tek seçip ayıklayacaksın. Biz iki gün içerisinde geri geleceğiz, sen de buğday ve mercimekleri ayıklayacaksın ve kazanı gözyaşı ile dolduracaksın."

Onlar gitmiş, kız da ağlamaya başlamış. Kazan dolana kadar nasıl ağlasın? Tam da o zaman sokaktan bir tuz satıcısı geçiyormuş, kızın ağladığını duyunca sormuş:

„Niye ağlıyorsun kızım?"

„Analığım dedi ki, kazanı gözyaşı ile doldurmak zorundaymışım."

„Al kızım, yarım kilo tuz, üzerine iki teneke su dökersen, su olur sana gözyaşı. Gözyaşı da tuzludur."

Bu şekilde gözyaşı halledilmiş. Kız oturup mercimekleri buğdaylardan ayıklamaya başlamış. Tam da o ara sokaktan geçen gurbetçi işçiler de süzgeç satıyorlarmış. Kızdan ekmek istemişler. Onlara bir parça getirip demiş ki:

„Analığım dedi ki, bu buğdayları mercimekleri seçip ayıklamalı imişim, bir kısmını yaptım, ama bir türlü bitiremiyorum."

„Getir de biz sana süzgeçten geçirelim."

Elemişler, mercimekler üstte kalırken, buğdaylar süzgeçten aşağı süzülmüş. Kızın aklına ineğin kemikleri gelmiş. Yemliğe koşmuş, bir de bakmış ki, altın işlemeli elbiseler, bir at ve daha nice güzel şeyler var. Hemen oracıkta elbiseyi giyinip ata atlamış, düğünün olduğu yere gitmek üzere yola çıkmış. Orada girişte bir yerde ayakkabılığın üzerinde analığı ile üvey kızkardeşi oturuyormuş. Kız düğün salonuna girdiğinde herkes onun bir padişah kızı olduğunu düşünmüş. Büyük bir saygı ve özenle karşılanıp yer gösterilmiş. Kız bir zaman orada kalmış, analığı ile üvey kızkardeşinin kalkmasından kısa bir süre önce düğünden ayrılmış. Telaşla eve giderken, ayağındaki papuçların tekini bir çeşmenin kenarında düşürmüş. Eve varmış, soyunup elbiselerini saklamış. Analığı ve üvey kızkardeşi geri geldiklerinde sormuş:

„Bacım, düğün güzel geçti mi?"

„Ah, o kadar keyifli idi ki, bir padişahın kızının gelişini görseydin, nasıl saygıyla karşılandı, özenle konuk edildi. Muhteşem bir eğlence idi, padişahın kızı ise harika görünüyordu."

Üvey annenin o padişah kızının aslında kendi üvey kızı olduğundan haberi yokmuş. Padişahın oğlu atı ile çeşmenin yanından geçerken kızın pabucunu bulmuş. Demiş ki:

„Bu pabuç kimin ayağına uyarsa onunla evleneceğim."

Her yeri gezmişler. Kiminin ayağına çok küçük, kimine de çok büyük gelmiş. Nihayet bu kızın ayağına uymuş. Üvey anne neredeyse kıskançlıktan patlamak üzereymiş. Düğün dernek kurulmuş, kız at üzerinde düğüne getirilmiş. Yeyip içip eğlenmişler.

7.

Kül Eşşek / Aschenesel – Das Mädchen, das im Bauch eine Schlange hat

Aschenesel

Es war einmal oder auch nicht … In früheren Zeiten lebte eine alte Frau in einem Dorf. Früher spann man auf Spindeln und rollte das Garn. Diese alte Frau rief die Mädchen:

„Zehn Mädchen unter euch sollen zu mir kommen, um das Garn zu rollen."

Also, wer weiß, was passierte, als die Mädchen das Garn spannen, fingen alle zusammen an zu schwören:

„Ich schwöre auf meinen Bruder …" „… auf meinen Vater …" Eine blieb still, und als die alte Frau sie fragte:

„Ich schwöre auf unser beflecktes Kalb, ich habe keine Ahnung, was ihm passiert ist."

„Warum schwörst du auf das befleckte Kalb? Du hast doch sieben Geschwister?"

„Großmutter, ich kenne sie nicht, ich habe keine Ahnung, ich bin ein Waisenkind. Ich lebe allein zuhause, ich habe keine Ahnung davon, Großmutter."

„Mein Kind, in einer gewissen Höhle wohnen deine sieben Geschwister, sie sind Jäger. Sie wissen auch nichts von dir."

„Und? Wie kann ich zu ihnen gelangen?"

„Komm, ich mache für dich einen Esel aus Asche. Du sollst immer ‚Tscho' sagen, nicht ‚Tschüsch', falls du ‚Tschüsch' sagst, zerstreut er sich im Nu."

So tat sie und der Esel entstand aus der Asche. Das Mädchen sagte am Anfang „Tscho, tscho, tscho", irrte sich dann aber und sagte dazwischen „Tschüsch!" – und der Esel zerstreute sich im Nu. Sie ging zurück, und die alte Frau kam zu ihr:

„Mein Kind, hab ich dir nicht gesagt, dass du ihn nicht zerstreuen sollst?"

Die alte Frau zauberte noch einen Esel. Diesmal vergaß das Mädchen nicht, was es sagen sollte. Es war ihr im Kopf geblieben. Sie ging direkt zum Eingang der Höhle. Sie ging hin und sah, dass darin eine Katze das Brot leckte und überall ein Durcheinander anrichtete. Dann sah sie, wie ein hochgewachsener junger Mann sich an seinen Bart fasste, als sie eintrat:

„Wer bist du, mein Mädchen, warum bist du hierhergekommen?"

„Ich bin deine Schwester, eine gewisse alte Frau hat gesagt, du hast Geschwister, und ich bin hergekommen. Mein Vater heißt Hassan und meine Mutter Fatma."

„Warum sagst du nicht sofort, dass du unsere Schwester bist, du bist nach uns geboren und gewachsen. Ach, Schwester, was fehlt uns noch? Steh auf, mach unseren Haushalt, unsere Geschwister kommen bald zurück."

Als es Abend wurde, kehrten die andere sechs Brüder heim und alle sieben Geschwister mochten ihre Schwester und waren vor Freude ganz närrisch. Aber der Kater wurde eifersüchtig: „Was ist das denn? Abends spielten sie immer mit mir, und jetzt kümmern sie sich nur noch um ihre Schwester."

Die Geschwister sagten:

„Schwester, als du noch nicht hier warst, machte dieser Kater unseren Haushalt. Sei ihm nicht böse, ihr beide sollt euch miteinander gut vertragen. Wir wollen jagen und ihr sollt essen, trinken und es euch gemütlich machen."

Damals gab es noch kein Streichholz und darum durfte das Feuer in der Küche nie verlöschen. Das Mädchen legte Weizen auf das Feuer und kletterte mit dem Kater aufs Dach und saß in der Sonne. Der Kater ging heimlich hinein und löschte das Feuer. Er legte einen gelben Augenstein an die Seite des Herdes. Das Mädchen rief durch den Schornstein, um zu schauen, ob das Feuer noch brannte. Schließlich ging es hinunter, um nach dem Kater zu schauen. Nun sah es weder Kater noch Feuer, denn das Feuer wurde gelöscht: „Ach, was nun? Meine Geschwister werden bald von der Jagd zurückkommen und verhungern!"

Nun merkte es, dass jemand irgendwo Bulgur kochte und dort ein Feuer brannte. Es sagte: „Ich gehe dorthin, um Feuer zu holen." Und es ging. Es gab dort einen Riesen und seine 12 Frauen. Die Riesenfrauen kochten Bulgur:

„Bitte, gebt mir etwas Feuer."

„Schwöre, wenn der Riese davon erfährt, tötet er uns, aber wir schneiden ein Stück von der Spitze des Feuers ab und geben es dir."

Sie schnitten mit einer Schere von der Spitze des Feuers etwas ab und gaben dem Mädchen das Feuer. Es versteckte das Feuer in einem Stück Stoff und pustete und eilte. Aber wie es so lief, blieb sein Fuß an einem Stein hängen, es blutete, doch es kam heim und kochte das Essen. Es wurde Abend und seine Brüder kamen heim und wollten Abendbrot essen.

Nun wurde es Morgen. Der Riese sprach:

„Hier riecht es nach Mensch! Sagt die Wahrheit, sonst zerteile ich euch in Stücke."

„Gestern ist ein Mädchen hierhergekommen, um Feuer zu holen, wir haben ihr mit der Schere etwas abgeschnitten und gegeben."

„Wo ist dieses Mädchen?"

Nun, da der Finger des Mädchens geblutet hatte, verfolgte der Riese die Spuren und kam zum Eingang der Höhle des Mädchens. Die Tür war verschlossen, aber der Riese sah, dass das Mädchen zuhause war. Der Riese rief:

„He, öffne die Tür, ich komme dich fressen!"

„Ach! Riesenonkel, warum willst du mich fressen? Was habe ich dir denn getan?"

„Bislang hat sich nie ein Menschenkind meinem Besitz genähert. Wie bist du nur auf die Idee gekommen, dir bei mir Feuer zu holen? Du reichst mir jetzt entweder deinen Finger und ich sauge dein Blut, oder ich fresse dich."

Das arme Mädchen steckte seine Hand durch das Schlüsselloch der Tür und der Riese saugte an ihrem Finger. Am nächsten Tag passierte wieder dasselbe. Als der Riese auch am zweiten und dritten Tag das Blut des Mädchens saugte, wurde es kraftlos und konnte nicht aufstehen. Seine Brüder fragten:

„Schwester, warum bist du so blass geworden?"

„Was soll ich machen, Bruder, wenn ich von meinem Kummer erzähle, schadet es euch, und wenn ich nicht davon erzähle, geht es auch nicht. Es gibt einen Riesen, der 12 Frauen hat. Ich bin dahingegangen, um Feuer zu holen. Seitdem kommt er jeden Tag hierher und sagt mir, entweder du gibst mir deinen Finger und ich sauge dein Blut, oder ich töte dich."

„Wenn das so ist, lauern wir auf ihn und erschießen ihn."

Die Brüder warteten mit ihren Pistolen auf den Riesen. Als der Riese kam, um am Finger des Mädchens zu saugen, töteten sie ihn. Die Brüder nahmen die Riesenfrauen zu ihren Frauen mit all ihrem wertvollen Schatz. Sie wurden reich. Die Riesenfrauen mochten aber das Mädchen nicht, sie unterhielten sich miteinander:

„Was ist mit dem Mädchen, was sollen wir mit ihm machen?"

„Wir wenden einen Trick an."

„Finden wir eine Schlange und stecken sie in eine Wasserkaraffe. Falls wir Durst haben, trinken wir mit einer Tasse, aber falls sie Durst hat, geben wir ihr einfach die Karaffe in die Hand, damit die Schlange beim Trinken in ihren Bauch rutscht.

Nun, als sie Durst hatten, schenkten sie untereinander mit einer Tasse aus. Als nun aber das arme Mädchen nach Wasser verlangte, reichten sie ihm die Karaffe. Sie trank und sagte:

„Etwas Haariges ist über meinen Mund geflossen."

„Es ist nicht schlimm, es mag wohl ein Haar gewesen sein."

Das Bäuchlein des armen Mädchens wurde immer dicker und sein Gesicht immer blasser. Die Frauen fingen an, schlecht über das Mädchen zu reden. Sie sagten:

„Eure Schwester ist kein gutes Ding. Sie ist so und so."

„Was sollen wir denn machen, sollen wir sie töten? Sie war bisher immer gut zu uns. Bringen wir sie zu einem Berg und lassen sie dort allein, sie soll gehen, wohin sie will."

Der älteste Bruder sagte:

„Schwester, ich gehe, um Holz zu hacken, kannst du mit mir kommen?"

„Jawohl, Bruder, was soll ich machen?"

Er nahm einen Sack und eine Axt mit und sie zogen zusammen zu einer abgelegenen Gebirgsgegend. Der große Bruder sagte seiner Schwester:

„Ruh dich hier ein bisschen aus, ich hacke Holz." Er nahm seine Axt, schlug einige Male, dann hängte er den Sack, in den er ein Paar Holzstücke gesteckt hatte, an einen Baum. Als der Wind wehte, klang es immer „Tack tuck, tack tuck" . Sie dachte, dass ihr Bruder immer noch Holz hackte, und so schlief sie. Als es Morgen wurde, stand sie auf und schaute umher. Es gab weder ihren Bruder noch jemand anderen, sie war in dieser abgelegenen Gebirgsgegend mutterseelenallein. Sie fluchte vor sich hin: „Ach, Bruder, ich war zu euch nur gutmütig, und nun? Wenn du über die Dächer läufst, so sollen in deinem Fuß die Knochen der Schlange stecken bleiben. Er wird nicht eher geheilt, bis ich ihn mit meiner Hand berühre."

Nun wurde das Bäuchlein des Mädchens immer größer. Sie ging mit blassem Gesicht und in Not und Elend, erniedrigt in die Richtung eines Dorfes. Außerhalb des Dorfes pflügte ein Bauer. Da gab es einen Brunnen. Das Mädchen saß an dem Brunnen und weinte. Da sie todmüde war, überwältigte sie der Schlaf und sie legte sich schlafen. Im Wasser vor dem Brunnen gab es eine Schlange. Diese Schlange fing an, mit der Schlange im Bauch des Mädchens zu sprechen.

„Gurr, komm ins kalte Wasser, hier gibt es noch grüne Wiesen."

Die andere Schlange zeigte sich durch den Kopf des Mädchens und antwortete:

„Gurr, komm zu Leber und Nieren."

Ein Bauer kam dorthin und sah die Schlangen, die miteinander sprachen. Er war ein barmherziger Mensch. Er hielt die Schlange, die im Bauch des Mädchens lag, mit einem Tüchlein fest , zog sie heraus und warf sie weit weg. Er brachte das Mädchen zur Seite und fragte:

„Wer bist du?"

„Um ehrlich zu sein, es ist so oder so passiert, was weiß ich?"

„Aus deinem Mund ist eine Schlange herausgekommen. Hast du jemanden, eine Familie?"

„Ich habe niemanden."

Da nahm der Bauer das Mädchen nach Gottes Willen zu sich als Braut. Eines Tages sah das Mädchen seinen großen Bruder mit einem umwickelten Fuß und zwei Gehhilfen. Sie rief:

„He, Bruder, was soll das, warum ist dein Fuß so gewickelt?"

„Was weiß ich, Schwester, ich habe keine Ahnung. Ich habe eine Schwester gehabt. Ich habe sie zu einer abgelegenen Gebirgsgegend gebracht und da verlassen, beim Rückweg ist in meinem Fuß ein kleiner Schlangenknochen stecken geblieben. All meine Versuche waren vergeblich, den Knochen konnte ich einfach nicht herausziehen. Mein Fuß ist seitdem dick und geschwollen. Die Ärzte wollen meinen Fuß aufschneiden."

„Komm her, zeig mir deinen Fuß."

„Schwester, wie viele Ärzte haben mich schon untersucht und konnten nichts finden, was wird passieren, wenn du ihn nochmal anschaust?"

„Komm hierher, lass mich ihn anschauen, Bruder."

Sobald der Bruder seinen Fuß zu ihr streckte, zog sich das Knochenstück selber aus seinem Fuß heraus.

„Ach, gehen deine Eltern in Gottes Gnade!"

„Deine Eltern sollen auch in Gottes Gnade gehen. Ich bin deine Schwester, die du in einer abgelegenen Gebirgsgegend verlassen hast. Eure Frauen haben mich überlistet. Mein Mann soll dir alles erklären, die Schlange, die in meinem Bauch war, hat er selbst herausgezogen."

Da wurde unser Märchen beendet. Sie aßen, tranken und wurden glücklich.

Kül Eşşek Masalı

Bir varmış, bir yokmuş. Bir zamanlar bir köyde yaşlı bir kadın yaşarmış. Eskiden çıkrıkla ip eğirirlermiş. Yaşlı kadın kızları çağırmış:

„Aranızdan on kız ip eğirmek için bana gelsin."

Artık kim bilir ne olmuşsa, ip eğiren kızların hepsi birden yeminler etmeye başlamışlar:

„Kardeşimin başı üzerine yemin ederim..." „Babamın başı üzerine..." İçlerinden bir tanesi sessiz kalmış, kadın ona sorunca:

„Benekli ineğimiz üzerine yemin ederim. Olan bitenden benim haberim yok."

„Niye benekli ineğin üzerine yemin ediyorsun? Senin yedi tane erkek kardeşin var."

„Nene, ben onları tanımıyorum, ben öksüz ve yetimim. Evde bir başıma yaşıyorum, olan bitenden haberim yok nene."

„Çocuğum filanca mağarada senin yedi kardeşin yaşıyor, avcıdır onlar. Onların da senden haberleri yok."

„Öyle mi? Onların yanına nasıl gidebilirim?"

„Gel ben sana külden bir eşşek yapayım. Her zaman ona ‚Ço' demelisin, ‚Çüş' dememelisin, eğer ‚Çüş' dersen bir anda dağılıverir."

Dediği gibi yapmış, külden eşşek olmuş. Kız başta hep ‚Ço, ço, ço' demiş, ama sonra şaşırıp arada bir de ‚Çüş' deyince eşşek bir anda dağılıvermiş. Geri dönmüş, kadın yanına gelmiş:

„Çocuğum ben sana demedim mi, onu dağıtma diye?"

Yaşlı kadın sihirle bir eşşek daha yapmış. Bu sefer kız ne demesi gerektiğini unutmamış. Aklında kalmış. Doğruca mağaraya gitmiş. Gitmiş ki ne görsün, bir kedi ekmekleri yalıyor, ortalığı alt üst etmiş. Oturmuş, bakmış, kendisi içeri girerken babayiğit bir delikanlı sakalını sıvazlıyor:

„Sen kimsin kızım, neden buraya geldin?"

„Ben senin kızkardeşinim, filanca nene dedi ki, senin kardeşlerin var, ben de geldim. Babamın adı Hasan, annemin adı Fatma'dır."

„Neden bizim kızkardeşimiz olduğunu hemen söylemedin, sen bizden sonra dünyaya geldin, yetiştin. Ah bacım, daha derdimiz ne? Kalk ortalığı toparla, kardeşlerimiz de neredeyse gelir."

Akşam olunca diğer altı kardeş de eve dönmüşler, yedi kardeşin hepsi kızkardeşlerini çok sevmişler, sevinçten ne yapacaklarını bilememişler. Fakat kedi kıskanmış: ‚Bu da neyin nesi? Akşam olunca hep benimle oynarlardı, şimdi sadece kendi kızkardeşleri ile ilgileniyorlar.'

Kardeşler demişler ki:

„Bacı, sen henüz burada yokken, bu kedi ev işlerimizi görürdü. Ona kötü davranma, siz ikiniz iyi geçinin. Biz ava çıkıyoruz, siz de yeyin, için, keyfinize bakın."

O zamanlar kibrit yokmuş, o yüzden mutfaktaki ateş hiç bir zaman söndürülmezmiş. Kız ateşin üzerine buğdayı koymuş, kedi ile çatıya tırmanmış, güneşlenmek için oturmuş.

Kedi gizlice içeri gitmiş, ateşi söndürmüş. Sarı bir nazar boncuğunu da ocağın kenarına koymuş. Kız bacadan, ateş daha yanıyor mu bir baksın, diye ona seslenmiş. Nihayet aşağı kediye bakmaya inmiş. Görünürde ne kedi ne de ateş varmış, çünkü ateş söndürülmüş: „Ah, şimdi ne olacak? Kardeşlerim avdan neredeyse dönerler, aç kalacaklar!"

Bakmış, bir yerde bulgur pişiriyorlar, ateş yanıyor. „Gidip oradan ateş alayım," demiş, gitmiş. Orada dev ve oniki karısı varmış. Devin karıları bulgur pişiriyorlarmış:

„Ne olur, biraz ateş verin."

„Yemin olsun, dev bir farkına varırsa hepimizi öldürür, ama sana ateşin ucundan azıcık kesip verelim."

Makasla ateşin ucundan azıcık kesmişler ve kıza vermişler. Kız ateşi çaputun içine sarmış, üfleye üfleye aceleyle gitmiş. Bu şekilde giderken ayağı bir taşa takılmış, kanamış, yine de eve gelip yemeği pişirmiş. Akşam olmuş, kardeşleri eve gelmişler ve yemek istemişler. Sabah olmuş. Dev demiş ki:

„Burada insan kokusu var! Doğru söyleyin, yoksa sizi parça parça ederim."

„Dün bir kız ateş almak için buraya geldi, biz de makasla biraz kesip verdik."

„Nerede bu kız?"

Hani kızın parmağı kanamıştı ya, dev izleri takip ederek, kızın mağarasının girişine kadar gelmiş. Kapı kapalıymış, ama dev kızın evde olduğunu görmüş. Dev demiş ki:

„Hey, aç kapıyı, gelip seni yiyeceğim!"

„Ah, dev amca, neden beni yiyeceksin? Ben sana ne yaptım?"

„Şu ana kadar hiçbir insanoğlu bana ait olan yere adım atmamıştır. Sen hangi akla hizmet gelip benden ateş almayı düşündün? Ya bana parmağını verirsin, senin kanını emerim ya da seni yerim."

Zavallı kızcağız elini kapı deliğinden uzatmış, dev parmağını emmiş. Ertesi gün de aynısı olmuş. Dev ikinci ve üçüncü gün de kızın kanını emdiğinde, güçten düşmüş, ayakta duracak hali kalmamış. Kardeşleri sormuş:

„Bacı, sen niye böyle sararıp soldun?"

„Ne yapayım abi, ben derdimi anlatsam, zararı size dokunacak, anlatmasam da olmaz. Oniki karısı olan bir dev var. Ben oraya ateş almak için gittim. O zamandan beri her gün buraya gelip bana, ya bana elini verirsin kanını emerim ya da seni öldürürüm, diyor."

„Madem öyle, ona pusu kurup vuralım."

Abileri silahlarını alıp devi beklemeye başlamışlar. Dev kızın parmağını emmek için geldiğinde, onu öldürmüşler. Abiler devin karılarını da bütün değerli hazinesi ile birlikte kendilerine almışlar. Zengin olmuşlar. Dev karıları ise kızı sevmemişler, aralarında sohbet etmişler:

„Ne olacak bu kız, ne yapalım onunla?"

„Ona bir hile yapalım."

„Bir yılan bulalım ve sürahinin içerisine koyalım. Eğer biz susarsak bardaktan içelim, o susarsa sürahiyi eline verelim, su içerken yılan da karnına kayıp gitsin."

Kendileri susayınca birbirlerine bardakla su vermişler. Zavallı kızcağız susadığında ise ona sürahiyi uzatmışlar. İçtikten sonra demiş ki:

„Tüylü bir şey ağzıma aktı."

„Bir şey olmaz, kıldır."

Zavallı kızın karnı gittikçe şişmeye, rengi sararmaya başlamış. Kadınlar kızın hakkında kötü kötü konuşmaya başlamışlar. Demişler ki:

„Sizin bacınız doğru değil. O böyleyken böyle."

„Ne yapalım biz, onu öldürelim mi? Şimdiye kadar bize karşı hep iyiydi. Alıp bir dağ başına götürelim, orada bırakalım, canı nereye isterse oraya gitsin."

Abilerin büyüğü demiş ki:

„Bacım, ben odun kesmeye gidiyorum, sen de benimle gelir misin?"

„Peki, abi, ne yapayım?"

Bir çuval ile baltayı yanına almış, beraber ıssız bir dağbaşına gelmişler. Büyük abi kızkardeşine demiş ki:

„Sen burada biraz dinlen, ben de odun keseyim." Baltasını almış, birkaç kere vurmuş, sonra birkaç parça odun koyduğu çuvalı bir ağaç dalına asmış. Rüzgar estikçe sürekli ‚Tak tuk, tak tuk!' diye sesler çıkıyormuş. Kız abisinin hala odun kestiğini düşünerek öylece uyuyakalmış. Sabah olunca kalkmış, etrafına bakınmış. Görünürde ne kardeşi ne de bir başkası varmış, bu ıssız dağbaşında bir başına kalmış. İçinden beddua etmiş: „Ah, kardeş, ben size ne kadar iyi idim, karşılığı böyle mi olacaktı. Çatıların üzerinden yürüyesin, ayağına yılan kemiği batsın, içinde kalsın. Ben elimi sürmedikçe iyileşmesin."

İşte böyle, kızcağızın karnı gittikçe daha da büyüyormuş. Sararıp solmuş ve aç billaç halde köy yoluna inmiş. Köyün civarında bir çiftçi tarlasıyla uğraşıyormuş. Orada bir çeşme varmış. Kız çeşmenin başına oturup ağlamış. Yorgunluktan halsiz düşmüş ve uykusu gelince de uyuyakalmış. Çeşmenin önündeki su birikintisinde bir yılan varmış. Bu yılan kızın karnındaki yılanla konuşmaya başlamış:

„Gurr, gel hele soğuk suya, burada çayır çimen var."

Diğer yılan kafasını kızının ağzından çıkarıp cevap vermiş:

„Gurr, ciğere gel, böbreğe gel."

Bir çiftçi oraya gelmiş ve birbiriyle konuşan yılanları görmüş. Çok merhametli bir insanmış. Kızın karnındaki yılanı bir mendille sıkıca tutup çekmiş ve uzağa fırlatmış. Kızı da kenara çekmiş, sormuş:

„Kimsin sen?"

„ Doğruyu söylemek gerekirse başıma bunlar bunlar geldi, ben ne bileyim?"

„Ağzından bir yılan çıktı. Kimin kimsen, ailen var mı?"

„Hiç kimsem yok."

Çiftçi Allah'ın izniyle kızı kendine eş olarak almış. Birgün kız büyük abisini ayağı sargılı ve iki elinde koltuk değneği ile görmüş. Ona seslenmiş:

„Hey, kardeş, bu nedir, niye ayağın böyle sarılı?"

„Ne bileyim bacı, hiç bir fikrim yok. Bir kızkardeşim vardı. Onu ıssız bir dağbaşına bırakıp terkettim, geri dönerken ayağıma bir yılanın kemiği battı, kemik içinde kaldı. Ne yaptıysam boş, kemiği bir türlü çıkaramadım. O zamandan beri ayağım şiş ve uyuşmuş durumda. Doktorlar ayağımı kesmek istiyorlar."

„Buraya gel, ayağını bana göster."

„Bacı, nice doktorlar beni muayene ettiler ve ellerinden hiç bir şey gelmedi, bir de sen bakacaksın da ne olacak?"

„Buraya gel, izin ver de bakayım, kardeş."

Kardeşi ayağını ona doğru uzattığı gibi kemik parçası kendiliğinden çıkıvermiş.

„Ah, anana babana rahmet!"

„Senin de anana babana rahmet. Ben senin o ıssız dağbaşında terkettiğin kızkardeşinim. Sizin karılarınız bana hile yaptı. Kocam herşeyi açıklayabilir, karnımın içindeki yılanı da o kendi eliyle çıkardı."

Masalımız burda bitmiş. Yemiş, içmiş, mutlu olmuşlar.

8.

Değirmenci ile Tilki / Der Müller und der Fuchs

Der Müller und der Fuchs

In früheren Zeiten gab es einen Müller, der mehrere Hühner besaß. Ein gewisser Fuchs fand Gefallen an seinen Hühnern. Eines Tages sagte der Fuchs zum Müller:

„Müller, wenn du mir ein Huhn gibst, tue ich für dich etwas Gutes, das du in deinem ganzen Leben nie vergessen wirst."

„Mann, was willst du von meinen Hühnern? Lass mich in Ruhe. Sonst erschieße ich dich. Willst du sterben?"

Als der Müller merkte, dass er ihn nicht loswerden konnte, gab er dem Fuchs ein Huhn. Der Fuchs fraß das Huhn und ging fort. Der Fuchs ging direkt zum Sultan. Der Sultan fragte ihn:

„Bruder Fuchs, sicher bist du nicht umsonst hierhergekommen? Was treibst du hier?"

„Frag mich lieber nicht, mein Sultan, ich bringe dir eine wichtige Nachricht."

„Was für eine?"

„Es gibt einen ‚Tschak Tschak Sultan'. Er marschiert mit seiner ganzen Truppe hierher. Er will deine Herrschaft zerstören."

„Mensch, was habe ich ihm getan, warum soll er gegen meine Herrschaft sein?"

„Entweder vermählst du deine Tochter mit ihm oder er tötet dich."

Der Sultan rief sofort seine Wesire zu einer dringenden Versammlung zusammen und fing an zu sprechen:

„Kommt her, meine Freunde. Klar, es ist ein Sultan, aber was soll ‚Tschak Tschak' sein?"

Niemand hatte eine Ahnung. Am Ende entschieden sie, dass sich die Sultanstochter mit ihm vermählen sollte.

„Jawohl, Bruder Fuchs, aber wir wollen vorher den Bräutigam persönlich kennen lernen. Erst dann lasse ich ihn meine Tochter heiraten."

Der Fuchs lief direkt zum Müller:

„Müller! Müller!"

„Was ist, Bruder Fuchs, warum bist du gekommen?"

„Mein Freund, ich habe dein Huhn gegessen, habe aber für dich etwas Außergewöhnliches arrangiert!"

„Was hast du getan?"

„Ich habe dich einem gewissen Sultan als Sultan empfohlen, und jetzt bringe ich dich dorthin. Wir schließen deine Ehe mit seiner Tochter."

„Was du nicht sagst! Will er mich überhaupt seine Tochter heiraten lassen? Ich bin überall mit Mehl bestäubt, sehe verwahrlost aus, lass mich in Ruhe."

„He, kümmere dich nicht darum. Komm einfach mit!"

Der Fuchs überredete ihn und sie gingen zusammen fort. Als sie sich dem Palast des Sultans näherten, sagte der Fuchs zum Müller:

„Bleib hier, ich gehe zum Sultan und hole für dich einen Anzug."

Der Fuchs ging in den Palast und traf dort auf den Sultan.

„Bruder Fuchs, wo ist denn unser Bräutigam geblieben, warum ist er nicht mit dir gekommen?"

„Mein Verehrter, unterwegs, als er über einen Wassergraben sprang, rutschte er ab und fiel hinein. Er ist immerhin ein Sultan und seine Tracht hinüber. Er kann ja nicht einfach so mit Dreck beschmiert hierherkommen, er braucht neue Kleider."

Sie gaben dem Fuchs eine prächtige Tracht. Der Fuchs brachte sie dem Müller, er kümmerte sich um ihn und nahm ihn mit. Unterwegs gab er ihm einige Anweisungen:

„Du warst sicher bisher noch nie so bekleidet. Nie darfst du einen Blick auf deine Kleidung werfen, sonst muss ich ihnen am Ende sagen, dass du in Wirklichkeit ein Müller bist."

Im Palast wurde gegessen, getrunken und man unterhielt sich. Der Müller aber schaute ständig seine prachtvollen Kleider an. Der Arme war bisher nie in seinem ganzen Leben so schön bekleidet gewesen, und so prächtige Kleider waren ihm auch noch nie vor Augen gekommen. Der Sultan rief den Fuchs heimlich zu sich:

„He, was für ein Mensch ist unser Bräutigam, er schaut ständig seine Kleidung an."

„Mein Herr, seine üblichen Kleider sind so prachtvoll. Der Anzug gefiel ihm nicht so recht, deswegen schaut er ständig an sich herab. Sie haben einen schlechten Anzug für ihn ausgewählt."

Man holte eine andere Tracht. Inzwischen ging der Fuchs zum Müller und gab ihm erneut die Anweisung:

„Falls du dieses Mal wieder deine Kleidung anschaust, sag ich ihnen, dass du in Wirklichkeit doch ein Müller bist."

Nachdem der Müller die neue Tracht angezogen hatte, schaute er nicht mehr auf seine Kleidung.

Angst ist im Leben nicht hilfreich. Der Sultan befürchtete Krieg, falls er dem anderen Sultan nicht seine Tochter zur Frau geben würde. Er selbst hatte wenig Soldaten und die Sache könnte sich schlecht entwickeln. Er ließ seine Tochter verheiraten und in Begleitung einer kleinen Truppe mit dem Fuchs und dem anderen Sultan ziehen.

Der Fuchs zog vorne weg und sagte dem Hirten einer Ziegenherde, den er unterwegs traf:

„Hirtenbruder, du bringst die Ziegenherde an die Seite des Weges. Wenn der Sultan kommt und sich euch nähert, rufst du gleich: ‚Hoch lebe der Sultan, dem alles gehört, auch diese Ziegenherde!'"

Der Fuchs arrangierte alles immer so weiter, bis sie sich einem großen Palast näherten. Darin lebten sieben Riesen. Die Riesen sahen den Fuchs und fragten:

„Was suchst du hier, Fuchs?"

„Ich habe eine Nachricht für euch."

„Was für eine Nachricht?"

„Der Tschak Tschak Sultan kommt mit seiner ganzen Truppe. Er bringt euch um."

„Bruder Fuchs, was sollen wir denn machen?"

„Habt ihr keinen Strohstall oder Ähnliches hier?"

„Den gibt es, Warum?"

„Ihr sollt euch unter dem Stroh verstecken, und ich sage dem Sultan, dass ihr von hier geflohen seid."

Die Riesen versteckten sich in dem Strohstall. Der Fuchs schloss die Tür hinter ihnen. Er kletterte auf das Dach des Stalls, goss drei bis vier Blechkanister Petroleum darüber und ließ die Riesen in den Flammen verbrennen.

Schließlich kam der Sultan zum Palast. Der Palast war so prachtvoll, dass selbst der Vater der Sultanstochter nicht so wertvolle Teppiche und Möbel hatte. Die Truppe blieb dort eine Woche lang und kehrte dann zurück zu ihrem Sultan. Der Müller, die Sultanstochter und der Fuchs aber blieben. Eines Tages sagte der Fuchs zum Müller:

„Mein Herr, ich habe so viel für dich getan. Nun lass mich zurück zur Mühle gehen, um die restlichen Hühner zu fressen. Erlaubst du mir das?"

„Geh und mach, was du willst!"

Der Fuchs fraß die Hühner und kam zurück. Eines Tages fragte er den Müller:

„Mein Herr, ich war bislang immer so gut zu dir, was würdest du mit mir machen, wenn ich sterbe?"

Eines Tages starb der Fuchs zum Schein. Der Müller war inzwischen auf der Jagd. Als er zurückkam, fand er seine Frau weinend und fragte:

„Was ist los, dass du so weinst?"

„Ich mochte den Fuchs, er lenkte mich immer ab, und jetzt ist er gestorben."

Der Müller sagte: „Ach egal, ich dachte, es ist etwas Ernstes gewesen." Er warf den Fuchs einfach aus dem Fenster. Der Fuchs war schlau und landete auf den Pfoten.

Der Fuchs aber sprach:

„Man sagt nicht umsonst, dass der Kopf des Menschen haarig ist und keine Dankbarkeit kennt. Soll ich äußern, was du in Wirklichkeit bist?"

„Bruder Fuchs, ich wollte dich nur testen, ich wusste schon, dass du zum Spaß gestorben bist." Am Ende überredete er den Fuchs, aber mit sehr viel Mühe.

Nach einigen Jahren starb der Fuchs tatsächlich. Sie steckten den Fuchs in einen Sack und hängten ihn ans Dach. Nach einer Weile fing es an schlecht zu riechen. Da waren sie sicher, dass der Fuchs wirklich tot war, und warfen seine Leiche weg.

Und sie essen, trinken und leben glücklich.

Değirmenci ile Tilki Masalı

Bir zamanlar bir değirmenci varmış, bu değirmencinin bir sürü tavukları varmış. Tilkinin biri gözünü bu tavuklara dikmiş. Günlerden bir gün tilki değirmenciye demiş ki:

„Değirmenci, şayet bana bir tavuk verirsen, sana öyle bir iyilik yapacağım ki, hayatın boyunca unutamayacaksın."

„Adam sen de, tavuklarımdan ne istiyorsun. Beni rahat bırak. Yoksa vururum seni. Canına mı susadın?"

Değirmenci bakmış tilkiden kurtuluş yok, ona tavuklarından birini vermiş. Tilki tavuğu yemiş gitmiş. Tilki doğruca padişahın yanına gitmiş. Padişah sormuş:

„Tilki kardeş, sen buralara boşuna gelmezsin. Hangi işin peşindesin?"

„Hiç sorma padişahım, sana önemli bir mesaj getirdim."

„Neyin nesi?"

„Bir çak çak padişah var. Bütün ordusunu almış buraya yürüyor. Senin hükümdarlığına son verecek."

„Adam sen de, ben ne yapmışım ona, niye benim hükümdarlığıma karşı olsun ki?"

„Ya kızını ona eş olarak verirsin, ya da seni öldürecek."

Padişah derhal vezirlerini acil bir toplantı için çağırmış ve konuşmaya başlamış:

„Gelin dostlarım. Tamam, bu bir padişah, ama ‚çak çak' da neyin nesi?"

Hiç kimse buna akıl sır edirememiş. Sonunda padişahın kızının onunla evlenmesi gerektiğine karar vermişler.

„Peki, tilki kardeş, fakat önce damat ile şahsen tanışmak isteriz. Ancak ondan sonra kızımla evlenmesine müsaade ederim."

Tilki doğruca değirmencinin yanına gider:

„Değirmenci, değirmenci!"

„Ne var tilki kardeş, niye geldin?"

„Dostum, tavuğunu yedim, ama senin için inanılmaz bir iş ayarladım!"

„Ne yaptın?"

„Seni filanca padişaha padişah diye tanıttım, şimdi de oraya götüreceğim. Seninle kızının nikahını kıyacağız."

„Ne diyorsun! Hiç beni kızı ile evlendirir mi? Her yanım una bulanmış, çapaçul görünüyorum, rahat bırak beni."

Tilki onu ikna etmiş ve beraber yola çıkmışlar. Padişahın sarayına yaklaştıklarında tilki değirmenciye demiş ki:

„Sen burda kal, ben padişaha gidip senin için bir takım elbise alacağım."

Tilki saraya girmiş, orada padişahla karşılaşmış.

„Tilki kardeş, damadımız nerde kaldı, o niye seninle gelmedi?"

„Saygıdeğer efendim, yolda hendekten atlarken ayağı kaydı, içine düştü. Nihayetinde o da bir padişah. Öyle üstü başı pislik içerisinde buraya gelemez, yeni kıyafetlere ihtiyacı var."

Tilkiye gösterişli bir kostüm vermişler. Tilki almış değirmenciye götürmüş, üstünü başını düzeltmiş, yanına alıp gitmiş. Yolda ona bazı tavsiyelerde bulunmuş:

„Sen kesin şimdiye kadar böyle giyinmemişsindir. Asla kıyafetlerine bakmamalısın, yoksa sonunda onlara gerçekte bir değirmenci olduğunu açıklamam gerekir."

Sarayda yenilip içilmiş, sohbet edilmiş. Değirmenci ise boyuna gösterişli kıyafetine bakıyormuş. Zavallı hayatı boyunca bu kadar güzel kıyafetleri ne giymiş, ne de gözüyle görmüş. Padişah gizlice tilkiyi yanına çağırmış:

„Hey, bu bizim damat nasıl bir insan böyle, sürekli üstüne başına bakıyor."

„Efendim, onun alışkın olduğu kıyafetler çok gösterişlidir. Bu takım pek hoşuna gitmedi, o yüzden durup durup öyle bakıyor. Siz kendisi için kötü bir takım seçmişsiniz."

Yeni bir kostüm getirilmiş. Bu arada tilki değirmenciye gidip tekrardan malum konularda uyarmış:

„Şayet yine üstüne başına bakarsan, onlara gerçektenden de bir değirmenci olduğunu söyleyeceğim."

Değirmenci yeni kostümünü giyindikten sonra, bir daha kıyafetine bakmamış.

Korkunun ecele faydası yok. Padişahın korkusu, kızını bu padişaha vermediği takdirde ortaya bir savaş çıkması imiş. Kendisinin fazla miktarda askeri yokmuş ve herşey kötüye gidebilirmiş. Kızını evlendirmiş, küçük bir tabur asker eşliğinde tilki ve padişah ile birlikte gitmesine izin vermiş.

Tilki önden gitmiş, yolda gördüğü bir keçi sürüsünün çobanına demiş ki:

„Çoban kardeş, keçi sürüsünü yolun kenarına sür. Padişah gelip size doğru yaklaştığında hemen bağıracaksın: ‚Çok yaşa padişahım, herşey senindir, bu keçi sürüsü de dahil.'"

Tilki yol boyunca büyük bir saraya yaklaşana dek bu şekilde ayarlamalar yapmış. Sarayda yedi tane dev yaşıyormuş. Devler tilkiyi görünce sormuşlar:

„Ne arıyorsun burada tilki?"

„Size bir haberim var."

„Ne haberi?"

„Çak çak padişah bütün ordusunu almış geliyor. Ocağınıza kibrit suyu çakacak."

„Tilki kardeş, ne yapalım biz?"

„Sizin samanlığa benzer bir yeriniz var mı burada?"

„Var, niye?"

„Samanların altına saklanın, ben padişaha sizin burdan kaçtığınızı söyleyeceğim."

Devler samanlığa saklanmışlar. Tilki kapıyı üzerlerine kapatmış. Çatıya tırmanıp 3-4 teneke gazyağı dökmüş ve devleri alevler içerisinde yakmış.

Nihayet padişah saraya gelmiş. Saray öylesine gösterişli imiş ki, sultan kızın babasının bile böylesine değerli halıları, mobilyaları yokmuş. Askerler orada bir hafta daha kaldıktan sonra kendi padişahlarının yanına dönmüşler. Değirmenci, sultan kız ve tilki beraber kalmışlar. Birgün tilki değirmenciye demiş ki:

„Beyim, senin için o kadar şey yaptım. Şimdi izin ver, değirmene gidip kalan tavukları da yiyeyim. Bana müsaade eder misin?“

„Git, ne istiyorsan yap!“

Tilki tavukları yemiş, geri gelmiş. Birgün değirmenciye sormuş:

„Beyim, ben burada bu zamana kadar sana karşı ne kadar iyi idim, bir gün ölürsem ne yaparsın?“

Günlerden bir gün tilki yalancıktan ölmüş. Değirmenci o ara ava gitmiş. Geri geldiğinde karısını ağlarken bulmuş, ona sormuş:

„Ne oldu ki böyle ağlıyorsun?“

„Tilkiyi severdim, oyalanıyordum onunla, şimdi öldü.“

Değirmenci demiş ki: „Ah, boşver, ben de önemli bir şey oldu zannettim.“ Tilkiyi aldığı gibi pencereden dışarı atmış. Tilki akıllıymış, dört ayağının üzerine düşmüş.

Tilki demiş ki:

„Boşuna demezler, insaoğlunun kafası kıllıdır, teşekkür etmeyi bilmez diye. Şimdi ben senin gerçekte ne olduğunu ifşa edeyim mi?“

„Tilki kardeş, ben sadece seni denemek istedim, ben biliyordum senin şakacıktan öldüğünü.“ Sonunda tilkiyi ikna etmiş, ama bunun için çok uğraşması gerekmiş.

Bir kaç yıl sonra tilki gerçekten ölmüş. Tilkiyi bir çuvala koyup çatıya asmışlar. Bir zaman sonra kötü kokmaya başlamış. O zaman tilkinin gerçekten öldüğüne kanaat edip leşini atmışlar.

Yemiş içmişler, mutlu yaşamışlar.

9.

Zülfü Mavi, beni seni yaratanı
seversen kapıya çık
Senin
karın
birit
enigi
ile
pisik
enigi
Hiç altın horoz altın
arpa yer mi? Hiç insan
evladı köpek enigi ile psik
enigi doğurur mu?
Allah verirse ben
doğururum
Ben söyledim
ama o Allahın
elinde.
Bir
kazan
koydu,
Çocuklar
yıkadı, bakt
Çocukların su
hep
altın ol

Zülfü Mavi

Zülfü Mavi

Es war einmal, oder auch nicht, dass Gott viele Menschen schuf. Damals gab es einen Sultan, der hatte drei Töchter, und einen anderen, der hatte drei Söhne. Eins von diesen Mädchen schaute durch das Fenster nach draußen und sagte:

„Wenn der älteste Sohn des Sultans mich heiratete, würde ich einen so großen Teppich knüpfen, dass die ganze Gemeinde darauf sitzen könnte und die andere Hälfte des Teppichs immer noch frei bliebe."

Der älteste Sohn des Sultans hörte diese Worte. Er kam und bat um Erlaubnis, sie zu heiraten, und führte sie heim. Eines Tages, als der mittlere Sohn des Sultans durch die Gegend lief, sagte die mittlere Sultanstochter:

„Falls der mittlere Sultanssohn mich heiraten würde, so kochte ich in einer Eierschale ein Essen, von dem die ganze Welt essen könnte, und es wäre noch etwas übrig."

Der mittlere Sultanssohn hörte diese Worte und bat um Erlaubnis, sie zu heiraten, und führte sie heim. Diesmal sprach das jüngste Mädchen:

„Falls der jüngste Sohn des Sultans mich heiratete, so würde ich ihm eine Tochter und einen Sohn mit goldblonden Haaren und Mäusezähnen zur Welt bringen."

Der Junge hörte diese Worte und heiratete das Mädchen. Als einige Zeit vergangen war, fragte der älteste Sultanssohn das älteste Mädchen:

„Du hast so und so gesagt, wo ist denn nun dieser Teppich?"

„Ich habe so und so gesagt, damit du mich heiratest."

Auch der mittlere Sohn fragte das mittlere Mädchen:

„Du meintest, dass du in einer Eierschale kochen würdest und die ganze Welt davon satt würde. Was ist nun mit diesem Gericht, das niemals ganz aufgebraucht ist?"

„Ich habe so und so gesagt, damit du mich heiratest. Hätte ich kochen können, würde ich im Hause meines Vaters kochen. Warum sollte ich in deinem Haus kochen?"

Auch der jüngste Sohn fragte das jüngste Mädchen:

„Du hast so und so gesagt, und was nun?"

„So Gott will, bringe ich Kinder zur Welt. Ich habe so und so gesagt, aber Gott herrscht über alles."

Das jüngste Mädchen wurde schwanger und sein Mann zog in den Krieg. Er bat seine Eltern:

„Schreibt mir, was meine Braut zur Welt bringt."

Als die Zeit der Niederkunft gekommen war, geschah genau, was das Mädchen damals beschrieben hatte. Es brachte zwei Kinder zur Welt. Beide strahlten, wie sie es gesagt hatte. Ihre Schwestern aber wurden eifersüchtig, denn was sie sagten, war nicht wahr geworden, die Worte aber ihrer Schwester stimmten. Sie ließen eine Hexe rufen. Die Hexe wickelte die Babys unter ihren Rock und nahm sie mit, ging zu einer fern abgelegenen Weide und ließ die Babys dort unter einem Busch zurück. Bei ihrer Rückkehr brachte sie ein Hundebaby und ein Katzenbaby mit und legte sie neben die Frau. Man schrieb deren Mann, dass sie ein Hundebaby und ein Katzenbaby zur Welt gebracht hatte. Er schrieb zurück: „Grabt sie auf der Straße, wo die sieben Wege sich kreuzen, ein und stellt daneben einen Besen, dass jeder, der darübergeht, sie verfluchen soll." Sie nahmen die arme Frau mit und gruben sie auf der Straße ein, wo die sieben Wege sich kreuzten, und sie ließen einen Besen daneben, und jede und jeder Vorbeigehende verfluchte sie, weil sie angeblich ein Hundebaby und ein Katzenbaby zur Welt gebracht hatte.

Schauen wir mal, was aus den Kindern wurde, die unter dem Busch ausgesetzt wurden. Eine alte Frau hatte eine Ziege, die von einem Hirten zur Weide gebracht wurde. Diese Ziege stillte wundersamerweise die Kinder täglich dreimal. Davon wurden aber ihre Brüste trocken. Die Frau stritt mit dem Hirten und bezichtigte ihn: „Du melkst meine Ziege!" Der Hirte bestritt dies:

„Liebe Frau, ich hüte so viele Schafe und Ziegen. Warum sollte ich ausschließlich nur deine Ziege melken?"

„Seit einiger Zeit kommt meine Ziege ohne Milch zurück. Sie kommt abends mit leerer Brust heim."

„Dann hüte ich die anderen Schafe und Ziegen, und du kommst mit und passt mal selbst auf deine Ziege auf."

Die Frau ging am nächsten Morgen hinter ihrer Ziege her. Nachdem die Ziege auf der Weide etwas gegrast hatte, trennte sie sich von dem anderen Vieh. Die Ziege ging, und die Frau folgte ihr. Da sah sie, dass die Ziege unter einem Busch stehen blieb, wo sie die Kinder stillte. Die Kinder tranken Milch aus ihren Brüsten, dann kam die Ziege zurück. Nun sah die Frau, dass die Ziege keine Milch mehr hatte. Sie dachte bei sich, ich gehe mal hin und schaue nach, wer meine Ziege melkt. Sie ging und sah zwei Kinder, die sich gegeneinander lehnten und leuchteten wie die Sterne. Die Frau freute sich sehr, wickelte sie in ihre Röcke ein und nahm sie mit nach Hause. Dort füllte sie einen Kessel mit Wasser und wusch die Kinder darin sauber. Nun sah sie, dass das Wasser, in dem die Kinder badeten, sich in Gold verwandelte. Sie wusch die Kinder täglich drei bis vier Mal. Die Frau wurde reich und die Kinder wurden groß. Als die Kinder heranwuchsen, bauten sie ein Haus in einer Gebirgsgegend und fingen an dort zu leben. Der Junge jagte und passte auf seine Schwester auf. Die Zeit verging.

Der jüngste Sohn des Sultans kam aus dem Krieg zurück und ging auf die Jagd. Dort traf er diesen Jungen. Sie unterhielten sich miteinander und trafen sich am nächsten Tag noch einmal. Der Sultanssohn fragte den jungen Mann:

„Mein Sohn, wo wohnst du?"

„Siehst du, mein Haus ist dort. Wir sind ein Bruder und eine Schwester. Sonst haben wir niemanden."

„Wessen Sohn bist du?"

„Ich habe keine Ahnung, wessen Sohn ich bin, mein Sultan. Ich lade dich heute zu uns ein."

Der Sultan mochte den Jungen unheimlich gern. Der Junge lud ihn ein, sein Gast zu sein. Zum Glück erjagte er an diesem Tag drei Rebhühner. Seine Schwester briet sie, und sie aßen zusammen. Am nächsten Tag ging der Sultan nach Hause zurück und sagte:

„In einer gewissen Berggegend leben ein Bruder und eine Schwester, genau wie meine Frau damals beschrieben hat, als sie prophezeite, dass sie Zwillinge zur Welt bringen würde. Man kann sich kaum an ihnen sattsehen."

Als die beiden Schwestern das hörten, sagten sie:

„Sie sind also nicht gestorben, sondern sie leben noch!"

Sie riefen die Hexe von damals herbei und schickten sie los, die beiden aus dem Weg zu schaffen. Die Hexe klopfte an die Tür des jungen Mädchens und weinte und klagte:

„Ich bin blind, ich sehe nichts, nimm mich diese Nacht auf als dein Gast."

„Ich darf dich nicht hereinlassen, bis mein Bruder zurückkommt."

Als der Bruder kam, sagte er:

„Die hilflose Frau ist arm und blind, warum hast du sie nicht hereingelassen? Lass sie heute bei uns übernachten, morgen kann sie weggehen, wohin sie will."

„Bruder, ich schwöre, ich nehme sie nicht herein."

„Ach nein, tu eine Gefälligkeit für mich und lass sie herein."

Und so ließen sie die alte Frau herein. Es wurde Morgen. Die Frau fragte das Mädchen:

„Dein Bruder geht jeden Tag raus, warum bleibst du immer so einsam?"

„Was soll ich machen? Wir sind nur eine Schwester und ein Bruder. Wir haben sonst niemanden, hier leben nur wir."

„Möge Allah dir Gutes tun. Bitte deinen Bruder darum, Zülfü Mavi herzubringen. Jede seiner Saiten spielt ein ganzes Instrument. Du wirst dich in seiner Gesellschaft vergnügen."

„Wo ist er?"

„Dein Bruder findet ihn schon, er bringt ihn zu dir."

„Wie kann ich bei meinem Bruder für diese Sache Zustimmung finden?"

„Wenn dein Bruder nach Hause zurückkommt, bewege dich nicht von deiner Stelle und nimm ihm weder seine Jagdbeute noch seine Pistole aus der Hand. Deine unglückliche Miene wird ihm nicht gefallen. Also wird er losgehen und ihn dir mitbringen."

Das Mädchen blieb sitzen und wartete auf den Bruder. Als der Bruder von der Jagd zurückkam, bewegte das Mädchen sich nicht von der Stelle und nahm ihm seine Jagdbeute und die Pistole nicht ab. Die Hexe saß da und der Junge fragte:

„Schwester, deine Miene gefällt mir nicht. Was hast du?"

„Was soll ich machen, ich bin den ganzen Tag allein hier und mir ist langweilig. Geh und bring mir Zülfü Mavi. Man sagt, jede seiner Saiten spiele ein ganzes Instrument. In seiner Gesellschaft könnte ich mich wohl vergnügen."

„Schwester, wo kann ich ihn ausfindig machen und wie kann ich ihn herbringen?"

„Was weiß ich, du kannst fragen gehen und ihn finden."

Der Junge schlief in dieser Nacht und stand am Morgen auf und lief los. Er lief nah und fern und ging einen langen Weg. Er wusste nicht mal, wohin er sich wenden soll. Unterwegs traf er auf einen alten Mann. Der alte Mann fragte:

„Mein Sohn, wohin gehst du?"

„Wohin soll ich gehen, ich gehe zu Zülfü Mavi."

„Mein Sohn, es ist schade in deinem zarten Alter. Bislang kam niemand zurück, der zu Zülfü Mavi ging. Du wirst auch nicht zurückkehren."

„Was soll ich machen? Nun, da ich weiß, dass ich auf diesem Weg sterben könnte, gehe ich trotzdem dahin."

„Mein Sohn, du sollst da langgehen. Zülfü Mavi lebt hinter diesem Berg. Da gibt es einen großen Garten. In den vier Ecken des Gartens liegen versteinerte Menschen. Hab keine Angst. Du sollst hinter der Mauer stehenbleiben und rufen: ‚Zülfü Mavi, im Namen desjenigen, der dich und mich erschaffen hat!' Bis er zurückruft, versteinerst du, hab aber keine Angst."

Der Junge ging dahin, wie ihn der alte Mann geheißen hatte. Da sah er einen großen Garten, blieb hinter der großen Mauer stehen und rief:

„Zülfü Mavi, aus Liebe zu dem, der dich und mich erschaffen hat, komm zur Tür."

„Mein Sohn, ich bade gerade, danach komme ich."

Der Junge stand dort eine Weile und sah, dass er von den Füßen bis zur Taille versteinert wurde. Er rief noch mal:

„Zülfü Mavi, aus Liebe zu dem, der dich und mich erschaffen hat, komm bitte zur Tür."

„Ich komme, mein Sohn."

Noch während er das sagte, wurde der junge Mann versteinert. Zülfü Mavi stand auf und zog sich an.

Er sattelte sein Pferd und brachte es zur Tür. Er füllte einen Eimer mit Wasser und nahm ihn mit. Jene versteinerten Menschen, über die er Wasser goss, wurden wieder lebendig. Einer sagte: „Ich bin früher gekommen, komm mit mir." Ein anderer sagte: „Komm mit mir!" Zülfü Mavi sagte aber: „Ich weiß, mit wem ich gehen soll."

Zülfü Mavi ging mit dem jungen Mann. In dieser Nacht kamen sie zuhause an. Am Abend spielte Zülfü Mavi auf seinem Instrument, und sie hörten zu. Am Morgen ging der junge Mann wieder zum Jagen und traf dort den jüngsten Sultanssohn. Der Junge sagte: „Ich bin zu Zülfü Mavi gegangen und habe ihn zu uns gebracht. Komm an diesem Abend mit zu uns." Sie kamen nach Hause, und der Sultanssohn übernachtete dort. Sie saßen zusammen und unterhielten sich. Es wurde Morgen und der Sultanssohn sagte:

„Zülfü Mavi, bei der Liebe Gottes, ich lade euch morgen alle drei zu uns ein. Kommt ihr, bitte?"

„Jawohl."

Der Sultanssohn ging weg. Am nächsten Tag ging Zülfü Mavi mit dem Mädchen und dem jungen Mann zum Grab der Mutter. Zülfü Mavi erzählte den Kindern, wer diese Frau war und was ihre Tanten damals getan hatten. Die Kinder nahmen jeweils einen Bund Rosen zur Hand, gingen zu ihrer Mutter und wuschen ihr verschwitztes Gesicht. Sie weinten um ihre

Mutter, die Mutter weinte auch. Die Rosen legten sie über ihre Brüste. Danach gingen sie zum Sultan. Dort kochten die Tanten, vergifteten aber alles. Der Tisch wurde gedeckt und die Speisen serviert. Der Sultan sagte:

„Zülfü Mavi, Gott zuliebe sollst du essen."

„Mein Sultan, man kann nicht einfach an deiner Tafel essen."

„Wie, nicht mal ein kleines bisschen kann man essen?"

„Nicht einmal ein kleines bisschen." Er schüttelte den Kopf und schob ein Gericht vor den Hund. „Falls er isst, esse ich auch."

Sie gaben dem Hund eine Portion, der starb aber sofort nach dem Essen. Sämtliche Gerichte wurden in den Müll geworfen. Es wurde nochmals gekocht und serviert. Der Sultan sagte:

„Zülfü Mavi, komm bitte, wir essen."

„Man kann von deiner Tafel keine einzige Portion essen. Schüttet mal eine Portion von einem Gericht vor die Katze, falls die Katze isst, essen wir auch."

Sie schütteten einen Teller vor die Katze, aber auch sie starb auf der Stelle. Zülfü Mavi zog einen Ring von seinem Finger, klopfte damit an den Rand einer Schüssel und sagte zu dem Mädchen und dem jungen Mann:

„Esst ihr jeweils drei Mundvoll."

Sie aßen beide drei Löffel. Zülfü Mavi sagte:

„Los, deckt die Tafel ab. Man kann nicht von eurer Tafel essen."

Nach dem Essen nahm Zülfü Mavi aus seiner Tasche einen kleinen Hocker und stellte darüber ein Serviertablett. Darauf streute er eine Handvoll goldener Gerstenstücke. Er legte auch noch einen goldenen Hahn darauf, drehte sich um und sagte:

„Goldener Hahn, iss die goldene Gerste!" Dann sagte Zülfü Mavi zum Sultanssohn:

„Isst ein goldener Hahn goldene Gerste? Und bringt ein Menschenkind ein Hundebaby und ein Katzenbaby zur Welt?" – „Um ehrlich zu sein, Zülfü Mavi, wir haben mal gesehen, dass ein Menschenkind ein Hundebaby und ein Katzenbaby zur Welt gebracht hat. Aber dass ein goldener Hahn goldene Gerstenkörner isst? Nein, so etwas haben wir noch nicht gesehen."

Zülfü Mavi Masalı

Bir varmış, bir yokmuş, Allah'ın bir sürü kulu varmış. Bir zamanlar bir padişahın üç kızı, bir diğerinin de üç oğlu varmış. Bu kızlardan biri pencereden dışarıya bakarken demiş ki:

„Eğer padişahın büyük oğlu benimle evlenecek olursa, o kadar büyük bir halı dokurdum ki, bütün cemaat halının üzerine oturur, halının diğer yarısı yine de boş kalırdı."

Padişahın büyük oğlu bu sözleri duymuş. Gelmiş, kendisiyle evlenmek için izin istemiş ve almış evine götürmüş. Birgün padişahın ortanca oğlu yakınlardan geçerken, ortanca kız demiş ki:

„Eğer padişahın ortanca oğlu benimle evlenecek olsaydı, yumurta kabuğunun içerisinde yemek yapardım, bütün dünya doyardı da daha da birazı artardı."

Ortanca oğlan da bu sözleri duymuş, kendisiyle evlenmek için izin istemiş ve almış evine götürmüş. Bu sefer küçük kız konuşmuş:

„Eğer padişahın küçük oğlu benimle evlenecek olsaydı, ona sırma saçlı, altın dişli bir kız bir de erkek evlat dünyaya getirirdim."

Delikanlı bu sözleri duyunca kızla evlenmiş. Bir zaman geçtikten sonra padişahın büyük oğlu büyük kıza sormuş:

„Sen böyle böyle dedin, hani halı nerde?"

„Ben benimle evlenesin diye böyle böyle dedim."

Ortanca oğlan da ortanca kıza sormuş:

„Sen yumurta kabuğunda yemek yapacaktın da bütün dünya doyacaktı, öyle dedin. Hani bu hiç bitmeyecek olan yemek?"

„Ben sen benimle evlenesin diye böyle böyle dedim. Yapabilseydim eğer, babamın evinde yapardım. Senin evinde niye yapayım?"

Küçük oğlan da küçük kıza sormuş:

„Sen böyle böyle dedin, hani ya?"

„Allah izin verirse ben çocuk dünyaya getiririm. Ben böyle böyle dedim, ama her şeyi bilen Allah'tır."

Küçük kız hamile kalmış, kocası da savaşa gitmiş. Anasına babasına rica etmiş:

„Karım ne doğurduysa bana yazın."

Vakti zamanı geldiğinde, kız o zamanlar ne dediyse gerçek olmuş. İki çocuk dünyaya getirmiş. İkisi de dediği gibi ışıl ışılmış. Kızkardeşleri onu kıskanmışlar, çünkü onların söyledikleri gerçek olmadığı halde kızkardeşlerinin sözü yerine gelmiş. Bir cadı buldurtmuşlar. Cadı iki bebeyi eteğinin altına saklayıp götürmüş, ıssız bir çayırda bir çalının altına bırakmış. Geri dönerken bir köpek eniği ile kedi yavrusunu getirmiş kadının yanına koymuş. Kocasına da bir köpek eniği ile kedi yavrusu dünyaya getirdiğini yazmışlar. O da yazmış ki: „Onu yedi yolun kesiştiği yere gömün, yanına da bir süpürge koyun, oradan gelen geçenler ona lanet etsin." Almışlar zavallı kadını, yedi yolun kesiştiği yere gömmüşler, yanına da bir süpürge koymuşlar, gelen geçen sözde bir köpek eniği ile kedi yavrusu dünyaya getirdiği için ona lanet okuyormuş.

Biz bir bakalım çalının altına bırakılan çocuklara ne olduğuna. Yaşlı bir kadının bir keçisi varmış, keçisini bir çoban çayıra götürürmüş. Bu keçi mucizevi bir şekilde bu çocukları günde üç kere emziriyormuş. Bu yüzden göğüslerinde süt kalmıyormuş. Kadın çobanla tartışmış, ona „Benim keçimin sütünü sağıyorsun!" diye ithamda bulunmuş. Çoban ise inkar etmiş:

„Hanım abla, ben o kadar koyun ve keçi güdüyorum. Niye durduk yere senin keçini sağayım ki?"

„Bir zamandır benim keçim sütü olmadan geri geliyor. Akşamları boş memelerle eve geliyor."

„O zaman ben diğer koyun ve keçilere bakarım, sen de gel, kendi keçine kendin göz kulak ol."

Kadın ertesi sabah keçisinin peşinden gitmiş. Keçi çayırda biraz otlandıktan sonra, sürüden ayrılmış. Keçi gitmiş, kadın takip etmiş. Bakmış keçi orada bir çalının dibinde durmuş çocukları emziriyor. Çocuklar memelerinden süt emmişler, sonra keçi geri gelmiş. Kadın bir de bakmış ki, keçinin daha sütü yok. İçinden ‚Bir gidip bakayım, keçim kimi emziriyor,' diye geçirmiş. Gitmiş, bakmış, yıldızlar gibi ışıldayan, birbirine yaslanıp durmuş iki çocuk var. Kadın çok sevinmiş, ikisini eteğine sarmış, almış eve getirmiş. Evde bir kazanı su ile doldurmuş, çocukları içine koyup tertemiz yıkamış. Bir de bakmış ki, çocukların içerisinde yıkandığı sular altına dönüşmüş. Çocukları her gün üç dört defa yıkıyormuş. Kadın zengin olmuş, çocuklar da büyümüş. Çocuklar yetişip kemale erdiklerinde bir dağın kenarında kendilerine bir ev yapıp orada yaşamaya başlamışlar. Delikanlı ava çıkıyor ve kızkardeşine de gözkulak oluyormuş. Zaman geçip gitmiş.

Padişahın küçük oğlu savaştan dönmüş, avlanmaya gitmiş. Orada delikanlı ile karşılaşmış. Aralarında sohbet etmişler, ertesi gün tekrar karşılaşmışlar. Padişahın oğlu delikanlıya sormuş:

„Oğlum, nerede yaşıyorsun?"

„Görüyor musun, benim evim orada. Biz bir kardeş bir de bacıyız. Onun dışında başka hiç kimsemiz yoktur."

„Sen kimin oğlusun?"

„Kimin oğlu olduğum konusunda hiçbir fikrim yok, padişahım bugün seni bize davet ediyorum."

Padişahın kanı delikanlıya kaynamış. Delikanlı onu misafirliğe davet etmiş. Şansa o gün üç tane keklik avlamışlar. Kızkardeşi kızartmış, hep birlikte yemişler. Ertesi gün padişah eve dönüp demiş ki:

„Filanca dağın başında bir erkek, bir de kız iki kardeş yaşıyor, tam da bizim hanımın vaktiyle sözettiği gibi, hani içine doğmuş gibi ikiz çocuklar dünyaya getireceğini söylemişti ya. İnsan onlara bakmaya doyamıyor."

İki kızkardeş bunları duyduğunda demişler ki:

„Demek bunlar ölmedi, bilakis hala yaşıyorlar!"

O zamanki cadıyı çağırmışlar, ikisinin hakkından gelmesi için yollamışlar. Cadı genç kızın kapısını çalmış, ağlayıp sızlanmaya başlamış:

„Ben körüm, hiçbir şey göremiyorum, bu gece beni misafirin olarak kabul et."

„Ben seni erkek kardeşim gelmeden içeri alamam."

Kardeşi geldiğinde demiş ki:

„Bu gariban kadın bir zavallı, gözleri görmüyor, niye onu içeri almadın? Bırak bu gece yanımızda kalsın, yarın nereye isterse oraya gider."

„Kardeş, yemin olsun, ben onu içeri almam."

„Ah, hadi ama, benim hatırım için içeri al."

Ve böylece yaşlı kadını içeri almışlar. Sabah olmuş. Kadın kıza sormuş:

„Kardeşin her gün dışarı çıkıyor, sen niye böyle sürekli bir başına kalıyorsun?"

„Ne yapayım? Biz sadece bir bacı bir kardeşiz. Bizim kimimiz kimsemiz yok, burada yaşayıp gidiyoruz."

„Allah iyiliğini versin. Kardeşine söyle, Zülfü Mavi'yi buraya getirsin. Onun sazının her bir teli başka bir müzik aleti gibi çalar. Onun sohbeti seni eğlendirir."

„Neredедir?"

„Kardeşin bulur onu, alır sana getirir."

„Kardeşimi bu iş için nasıl ikna ederim?"

„Kardeşin eve döndüğünde, hiç yerinden kalkma, ne avını ne de tüfeğini elinden al. Senin keyifsiz halin onun hoşuna gitmeyecek. Gider, onu sana getirir."

Kız yerine oturup kardeşini beklemeye başlamış. Kardeşi avdan döndüğünde, kız hiç yerinden kımıldamamış, elinden de av etini, tüfeğini almamış. Cadı orada oturuyormuş, delikanlı sormuş:

„Bacı, halin hoşuma gitmedi. Neyin var?"

„Ne yapayım, bütün gün burada tek başınayım, sıkılıyorum. Git, bana Zülfü Mavi'yi getir. Diyorlar ki, onun sazının her bir teli ayrı bir müzik aleti gibi çalarmış. Onun arkadaşlığı muhakkak beni eğlendirir."

„Bacım, ben onu nereden bulayım, buraya nasıl getireyim?"

„Ben ne bileyim, sora sora bulursun."

Delikanlı o gece uyumuş, sabah kalkmış, çıkıp gitmiş. Az gitmiş, uz gitmiş, uzun bir yol gitmiş. Ne yandan döneceğini bilememiş. Yolda yaşlı bir adam karşısına çıkmış. Yaşlı adam sormuş:

„Oğlum, nereye gidiyorsun?

„Nereye gideyim, Zülfü Mavi'ye gidiyorum."

„Oğlum, şu genç yaşına yazık. Şu ana kadar Zülfü Mavi'ye giden hiç kimse geri gelmedi. Sen de gelmeyeceksin."

„Ne yapayım? Bu yolda öleceğimi bilsem de yine de oraya gideceğim."

„Oğlum bu yoldan gideceksin. Zülfü Mavi bu dağın arkasında yaşar. Orada büyük bir bahçe vardır. Bahçenin dört bir köşesinde taşlaşmış insanlar durur. Korkma. Duvarın arkasında durup ‚Zülfü Mavi, seni beni yaradanın adına,' diye bağıracaksın. O sana cevap olarak ses verene kadar sen de taşlaşacaksın, ama korkma."

Delikanlı yaşlı adamın ona söylediği gibi oraya gitmiş. Büyük bir bahçe görmüş, duvarın arkasında durup bağırmış:

„Zülfü Mavi, seni beni yaradanın adına, kapıya gel."

„Oğlum, şimdi yıkanıyorum, sonra gel."

Delikanlı orada bir zaman beklemiş, ayaklarından beline kadar taşlaştığını görmüş. Tekrar çağırmış:

„Zülfü Mavi, seni beni yaradanın adına, lütfen kapıya gel."

„Geliyorum oğlum."

Bunu demeye kalmadan, delikanlı taşlaşmış. Zülfü Mavi kalkmış üstünü giyinmiş.

Atını eyerlemiş, kapıya götürmüş. Bir kovaya da su doldurmuş, yanına almış. Üzerine su serptiği her taşlaşmış insan tekrar canlanmış. Biri demiş ki, „Ben daha önce geldim, benimle gel." Bir diğeri de „Benimle gel." Zülfü Mavi ise demiş ki: „Ben kiminle gideceğimi bilirim."

Zülfü Mavi delikanlı ile gitmiş. O gece eve gelmişler. Akşam Zülfü Mavi sazını çalmış, onlar dinlemişler. Sabah delikanlı yine avlanmaya çıkmış ve orada padişahın küçük oğlu ile karşılaşmış. Delikanlı demiş ki: „Ben Zülfü Mavi'ye gittim, onu bize getirdim. Bu akşam bize buyur." Eve gelmişler. Padişahın oğlu o gece orada kalmış. Beraber yemek yeyip sohbet etmişler. Sabah olmuş, padişahın oğlu demiş ki:

„Zülfü Mavi, Allah'ın aşkına, üçünüzü birlikte yarın bize davet ediyorum. Gelir misiniz, lütfen?"

„Peki."

Padişahın oğlu gitmiş. Ertesi gün Zülfü Mavi kız ile delikanlıyı analarının mezarına götürmüş. Zülfü Mavi çocuklara bu kadının kim olduğunu ve teyzelerinin bir zamanlar yaptıklarını anlatmış. Çocukların her birinin ellerinde birer demet gül varmış, analarına gitmişler, terli yüzünü silmişler. Anneleri için ağlamışlar, anneleri de ağlamış. Gülleri göğüslerinin üzerine bırakmışlar. Sonra padişaha gitmişler. Yemekleri orada teyzeler yapıyormuş, herşeyi zehirlemişler. Sofra kurulmuş, yemekler ikram edilmiş. Padişah demiş ki:

„Zülfü Mavi, Allah'ın aşkına yemek ye."

„Padişahım senin sofrandan yemek yenmez."

„Nasıl yani, azıcık da mı yenmez?"

„Azıcık bile yenmez." Kafasını sallamış ve yemeği köpeğin önüne dökmüş. „Şayet o yerse ben de yerim."

„Köpeğe yemeği vermişler, ama köpek yemek yedikten hemen sonra ölmüş. Bütün yemekler çöpe dökülmüş. Tekrar pişirilip ikram edilmiş. Padişah demiş ki:

„Zülfü Mavi, buyur lütfen, yemek yiyelim."

„Senin sofrandan bir tabak bile yenmez. Yemeklerin birinden bir tabak kedinin önüne dök, şayet kedi yerse biz de yeriz."

Kedinin önüne bir tabak dökmüşler, ama kedi de oracıkta ölüvermiş. Zülfü mavi parmağındaki yüzüğü çıkarmış, bir kabın kenarına tıklatmış, kızla delikanlıya demiş ki:

„Her biriniz üçer lokma yeyin."

Her biri üçer kaşık yemiş. Zülfü Mavi demiş ki:

„Hadi, kaldırın sofrayı. Sizin sofranızdan yemek yenmez."

Yemekten sonra Zülfü Mavi göğüs cebinden küçük bir kürsü çıkarıp üzerine bir sini yerleştirmiş. Üzerine bir avuç altından yapılma arpa tanesi serpmiş. Bir de altından yapılma horoz koymuş, demiş ki:

„Altın horoz, altın arpaları ye!" Sonra Zülfü Mavi padişahın oğluna demiş ki:

„Hiç altın horoz altın arpa yer mi? Hiç bir insan evladı bir köpek eniği ile kedi yavrusu dünyaya getirir mi?" - „Doğruyu söylemek gerekirse Zülfü Mavi, bir insan evladının köpek eniği ile kedi yavrusu dünyaya getirdiğini gördük. Fakat altın horoz altın arpa yer mi? Hayır, böyle bir şey görmedik."

„Nasıl olur da birini görürken, digerini görmezsiniz? Hadi oğlum, kalk bakalım, öp babanın elini. Sen de kızım. Bak, bunlar senin çocukların. Senin baldızların sana cok kötü bir oyun oynadılar. Senin karın bu çocukları dünyaya getirdi. Hiç bir insan evladı köpek eniği ile kedi yavrusu dünyaya getirir mi?"

Kalkmışlar, yola düşmüsler, annelerini mezardan çıkarmışlar. Onu yıkayıp paklamışlar, al elbise giydirmişler. Kötü kalpli teyzeler evden kovulmuş. Onlarsa mutlu yaşamışlar. Yemişler, içmişler, eğlenmişler.

10.

Hızır'ı bulan Keloğlan / Keloğlan und Hızır

Keloğlan und Hızır

Es war einmal, oder auch nicht. In einem Land lebte ein Sultan. Der Sultan sagte eines Tages:

„Wer Hizir findet und zu mir bringt, dem schenke ich ein kleines Vermögen und lasse ihn in Ruhe leben. Falls er es aber nicht schafft, so lasse ich ihn sterben."

Ausrufer verteilten seinen Wunsch überall, aber niemand interessierte sich dafür. In dem Land lebte noch ein armer Keloglan.

Der überlegte und entschied sich, zum Sultan zu gehen.

„Egal, was am Ende passiert. Ich gehe dorthin und lasse mich verwöhnen, auch wenn er mich erhängen lässt." Er trat vor den Sultan.

„Mein verehrter Sultan, ich werde Hizir finden." Aber der Keloglan hatte Bedingungen, die er dem Sultan nannte:

„Ihr sollt mich vierzig Tage lang gut verwöhnen und ich bete vierzig Tage lang. Nach vierzig Tagen finde ich Hizir und bringe ihn zu Euch."

Der Sultan befahl, dass vierzig Tage lang zum Haus des Mannes Essen geliefert werde.

Vierzig Tage lang wurde ihm Essen nach Hause geliefert. Er aß, trank und war vergnügt. Am letzten Tag fing er an nachzudenken. Als seine Frau ihn fragte, worüber er nachdenke, sagte er:

„Frau, nun ist der neununddreißigste Tag. Morgen bringen sie mich zum Henker. Ich habe weder Hizir gefunden noch gebetet."

Er verabschiedete sich von seiner Frau. In der Morgenfrühe kamen die Soldaten zu seiner Tür:

„Los, holen wir den Hizir. Los!"

Sie packten ihn und nahmen ihn mit, aber es gab weder den Hizir noch jemand anderen. Sie fesselten seine Arme und Füße und traten so vor den Sultan. Als sie durch die Tür den Palast betraten, sah Keloglan, dass ein junger Mann ihnen folgte. Keloglan hatte aber keine Ahnung, wer dieser junge Mann war. Sie traten zusammen direkt vor den Sultan:

„Keloglan, du hast behauptet, dass du Hizir findest. Warum konntest du ihn nicht finden?"

„Mein Sultan, ich bin in Not gewesen, ich habe Hunger gehabt, du hast mich vierzig Tage lang gut gepflegt. Gott möge es dir lohnen. Verzeih mir bitte, damit ich meinen Hunger stillen konnte, habe ich gelogen."

„Wie bitte, du hast einen großen Sultan ausgetrickst?" Der Sultan sammelte seine Wesire um sich:

„Was für eine Strafe sollen wir ihm erteilen?"

Der oberste Wesir sagte: „Mein Sultan, wenn du erlaubst, schlachten wir ihn und ziehen ihm das Fell über die Ohren. So soll er sterben, er soll wissen und verstehen, was es bedeutet, sich einem Sultan gegenüber hinterhältig zu verhalten."

Der zweite Wesir antwortete: „Wir sollten ihn hängen!“

Und der dritte Wesir antwortete: „Meinetwegen sperren wir ihn in eine Zelle, er soll durstig und hungrig sterben.“

Der Sultan stellte seinem vierten Wesir die gleiche Frage und bekam diese Antwort:

„Mein Sultan, er ist ein armer Keloglan. Die Aufgabe des Sultans ist Vergebung. Verzeiht ihm. Wenn wir ihn töten, was kommt dabei heraus? Was habt ihr davon, wenn eure Hände mit Blut beschmiert werden?“

Als der vierte Wesir sein Wort ausgesprochen hatte, stand der Junge auf, der an der Seite saß, und sagte zum Sultan:

„Mein Sultan, falls ihr erlaubt, habe ich ein paar Worte für euch. Euer erster Wesir stammt von einer Metzger-Familie ab. Ich habe von seiner Mutter ausfindig gemacht, dass er nicht der Sohn eines Wesirs ist, sondern der eines Metzgers. Euer zweiter Wesir ist das Kind eines Zigeuners; und Euer dritter Wesir ist ein Gefängniswärter. Der einzige richtige Wesir ist der vierte. Du solltest ihn zum obersten Wesir machen und die anderen rauswerfen. Und übrigens: ich bin der Hizir.“ Und er verschwand im selben Augenblick.

Der Sultan beendete die Versammlung und machte Erkundungen bei den Müttern der Wesire. Zuerst fragte er die Mutter des Hauptwesirs:

„Woher hast du deinen Sohn bekommen?“

„Äh …“

„Sei ehrlich, sonst töte ich dich!“

„Ich werde ehrlich sein. Mach danach, was du willst. Ich habe das Kind vom Obermetzger des Palastes bekommen. Er ist kein Wesirssohn.“

Er fragte die Mutter des zweiten Wesirs, und sie sagte:

„Damals ist ein Zigeuner hergekommen. Von ihm habe ich das Kind bekommen.“

Die Mutter des dritten Wesirs bestätigte ebenso, dass sie das Kind von einem Gefängniswärter bekommen hatte. Nun war die Mutter des vierten Wesirs an der Reihe. Der Sultan fragte sie:

„Und woher hast du dein Kind bekommen?“

„Ich habe es mit seinem richtigen Vater gezeugt, er ist nicht von jemand anderem.“

Der Sultan ernannte seinen vierten Wesir zum obersten Wesir, warf die anderen raus und suchte nach neuen Männern für die anderen Stellen.

Hızır'ı bulan Keloğlan Masalı

Bir varmış, bir yokmuş. Bir ülkenin bir padişahı varmış. Bu padişah bir gün demiş ki:

„Kim Hızır'ı bulup bana getirirse ona küçük bir servet bağışlayacağım ve huzur içinde yaşamasını sağlayacağım. Fakat eğer o kişi bunu başaramazsa, onu öldürteceğim."

Tellallar dileğini her tarafta duyurmuşlar, fakat hiç kimse ilgilenmemiş. Ülkede bir de fakir bir Keloğlan yaşarmış. Keloğlan düşünmüş taşınmış, padişaha gitmeye karar vermiş.

„Sonunda ne olursa olsun. Oraya gidip keyfini çıkaracağım, isterse sonunda beni assın." Padişahın karşısına çıkmış.

„Yüce padişahım, ben Hızır'ı bulacağım." Fakat Keloğlan'ın şartları varmış, bunları padişaha iletmiş:

„Siz kırk gün boyunca benim her ihtiyacımı göreceksiniz, ben de kırk gün boyunca ibadet edeceğim. Kırk günün sonunda Hızır'ı bulup sana getireceğim."

Padişah kırk gün boyunca adamın evine erzak yollanmasını emretmiş.

Kırk gün boyunca evine yiyecek içecek yollanmış. Yemiş, içmiş, keyfine bakmış. Son gün arpacık kumrusu gibi düşünmeye başlamış. Karısı ne düşündüğünü sorduğunda demiş ki:

„Hanım, otuzdokuzuncu gün geldi. Yarın beni cellada götürecekler. Ne Hızır'ı buldum, ne de ibadet ettim."

Karısı ile vedalaşmış. Sabahın köründe askerler kapısına dayanmış:

„Hadi, Hızır'ı alalım. Hadi!"

Onu yakalayıp tutmuşlar, ama görünürde ne Hızır ne de bir başkası varmış. Kollarını, ayaklarını kelepçeleyip o şekilde padişahın yanına gitmişler. Keloğlan sarayın kapısından içeri girerlerken genç bir delikanlının kendilerini takip ettiğini görmüş. Keloğlan'ın bu genç adamın kim olduğu konusunda bir fikri yokmuş. Doğruca padişahın karşısına çıkmışlar:

„Keloğlan, sen Hızır'ı bulacağını iddia ettin. Neden onu bulamadın?"

„Padişahım, zor durumda idim, açtım, sen bana kırk gün boyunca iyi baktın. Allah senden razı olsun. Beni affet lütfen, açlığımı giderebilmek için yalan söyledim."

„Ne dedin, sen koskoca bir padişahı mı aldattın?" Padişah vezirlerini etrafına toplamış:

„Nasıl bir ceza verelim ona?"

Vezirlerin başı demiş ki: „Padişahım izin verirsen, onu parçalayıp derisini yüzelim. O şekilde ölsün, bir padişahın karşısında iki yüzlü davranmak neymiş öğrensin, anlasın."

İkinci vezir cevap vermiş: „Onu asmalıyız!"

Ve üçüncü vezir cevap vermiş: „Bana sorarsanız onu zindana atalım, susuzluktan açlıktan ölsün."

Padişah dördüncü vezirine de aynı soruyu yöneltmiş ve şu cevabı almış:

„Padişahım, bu fakir bir Keloğlan'dır. Padişahın görevi affetmektir. Onu bağışlayın. Onu öldüreceğiz de ne olacak? Eliniz kana bulandığında neyi ispatlamış olacaksınız?"

Dördüncü vezir sözlerini tamamladığında kenarda duran delikanlı ayağa kalkıp padişaha demiş ki:

„Padişahım, eğer izin verirseniz size bir çift lafım var. Sizin başvezirinizin aslı bir kasap ailesinden gelir. Annesinden öğrendiğim kadarıyla kendisi bir vezir oğlu değil, bilakis bir kasabın oğlu imiş. İkinci vezirin ise bir çingenenin çocuğudur; üçüncü vezirin de bir zindancıdır. Tek gerçek vezirin dördüncü olandır. Sen onu başvezir yapmalı, diğerlerine de yol vermelisin. Ayrıca Hızır da benim." Ve o anda gözden kaybolmuş.

Padişah toplantıya son verip vezirlerinin annelerini araştırmış. Öncelikle başvezirinin annesine sormuş:

„Sen oğlunu nereden aldın?"

„Ihmm..."

„Doğru söyle, yoksa seni öldürürüm!"

„Doğruyu söyleyeceğim. Sonra ne istiyorsan onu yap. Ben bu çocuğu sarayın kasapbaşından aldım. O vezir oğlu değildir."

İkinci vezirin annesine sormuş, o da demiş ki:

„Bir zamanlar bir çingene buraya gelmişti. Ondan aldım bu çocuğu."

Üçüncü vezirin annesi de çocuğunu bir zindancıdan aldığını doğrulamış. Şimdi sıra dördüncü vezirin annesine gelmiş. Padişah ona sormuş:

„Ya sen çocuğunu nereden aldın?"

„Ben onu kendi gerçek babasından aldım, o başkasının çocuğu değil."

Padişah dördüncü vezirini başvezir yapmış ve diğerlerini kovmuş, onların yerine de başka insanları getirmiş.

Kaynak / Quelle

Günay, Umay; Elazığ Masalları. Erzurum: Atatürk Üniversitesi Yayınları, 1975

Sakaoğlu, Saim; Gümüşhane Bayburt Masalları. Ankara: Akçağ Yayınevi, 2002.

Tembel Adam Masalı, Erzähler Çetin Koşar, www.akbulutkoyu.com

M. Aygen, S. Bozok, H. Genç, Afyonkarahisar Masalları, Türkeli Yayınları, Afyon 1983

Deutsch-Türkisches Wörterbuch von Prof. Karl Steuerwald, Otto Harrassowitz Verlag, Wiesbaden, 1974

Teşekkür / Danksagung

Mein Dank gilt in erster Linie Frau Doktor Jutta Stehling – ohne Sie wäre ich nie auf die Idee gekommen, dieses Buchprojekt anzufangen.

Ich danke auch meiner lieben Freundin Fügen Büke aus Istanbul, die mich darin bestärkt und unterstützt hat, weiter an diesem Buch zu arbeiten.

Ich danke der Malerin Judith Crawford, die wie ich Märchen liebt - ohne ihre wunderschönen Bilder wäre das Buch nicht komplett.

Und ich danke meinen lieben Freundinnen Annette Samaras und Melanie Schwalbe, die immer für mich da waren, wenn ich während dieses Buchprojekts verzweifeln wollte.

Ich widme dieses Buch meinen Kindern, die meinem Leben einen Sinn geben.

Nesrin Kişmar

Drei Äpfel fielen vom Himmel - einer für die Hauptpersonen der Märchen, einer für die Zuhörer und Zuhörerinnen und einer für die Erzählerin.